中国传统记忆丛书

图说老吉祥

图说老吉祥

中国传统记忆丛书

矫友田 著

济南出版社

岁月到底为我们留下了什么，又带走了什么呢？

在这个日益喧哗和浮躁的红尘中，我们往往轻易地就选择了遗忘：将那些萦绕着童年欢悦的炊烟，以及淳朴的笑容和充满睿智的叮咛，都湮没在慵散的时光里。

假如真是这样，或许有一天，我们会蓦然发现，自己的灵魂之根竟不知该扎往何处。因为，我们已经遗忘了太多本真的记忆。

一个人丢失了本真，就会失去自我；一个民族丢失了传统，就会失去世界。

传统文化，是一个民族的灵魂，也是一个国家的精神基石。留住那些传统的记忆，不仅仅是留住我们心灵的栖息地，更重要的是留住了一眼涌动着美德之水的甘泉。

图书在版编目（CIP）数据

图说老吉祥 / 矫友田著 . —济南：济南出版社，
2015.2（2023.5 重印）

（中国传统记忆丛书）

ISBN 978-7-5488-1444-3

Ⅰ.①图… Ⅱ.①矫… Ⅲ.①散文集—中国—当代
Ⅳ.①I 267

中国版本图书馆 CIP 数据核字 (2015) 第 032247 号

出 版 人	崔　刚
丛书策划	张元立
责任编辑	贾英敏
装帧设计	侯文英

出版发行	济南出版社
地　　址	济南市二环南路 1 号 (250002)
发行热线	0531-86116641　86922073　67817923
编辑热线	0531-86131721　86131722
网　　址	www.jnpub.com
经　　销	新华书店
印　　刷	肥城新华印刷有限公司
版　　次	2023 年 5 月第 1 版第 2 次印刷
规　　格	150 毫米 × 230 毫米　16 开
印　　张	15.5
字　　数	223 千
定　　价	48.00 元

（济南版图书，如有印装错误，请与出版社联系调换。联系电话：0531-86131736）

写在前面

时光荏苒，每个日子都将定格为历史。

回首那一个个渐行渐远的日子，无论是澎湃激情，还是满腹惆怅，都已伴随着岁月的风尘一点点地泛黄，抑或彻底地褪去色泽。

岁月到底为我们留下了什么，又带走了什么呢？

在这个日益喧哗和浮躁的红尘中，我们往往轻易地就选择了遗忘：将那些萦绕着童年欢悦的炊烟，以及淳朴的笑容和充满睿智的叮咛，都湮没在惰散的时光里。

假如真是这样，或许有一天，我们会蓦然发现，自己的灵魂之根竟不知该扎往何处。因为，我们已经遗忘了太多本真的记忆。

一个人丢失了本真，就会失去自我；一个民族丢失了传统，就会失去世界。

传统文化，是一个民族的灵魂，也是一个国家的精神基石。留住那些传统的记忆，不仅仅是留住我们心灵的栖息地，更重要的是留住了一眼涌动着美德之水的甘泉。

正是基于这个目的，我们筹划推出了以"中国传统记忆"为主题的系列图文书，以期将更多传统文化的印记重新展示在你的面前，使你在愉快的阅读中，能够寻找回更多淳朴与本真的景象。在阅读的过程中，你会从那些与历史、民俗相关的记述中，领悟到中华民族传统文化的本源，然后，怀着一颗敬畏的心去面对大千世界的芸芸众生。

以"中国传统记忆"这个主题作为创作主攻的方向至今，我已经陆续在全国各地走访、拍照七八个年头，搜集到了大量的一手资料。期间所经历的酸甜苦辣，都已经化为创作的动力，融入每一行

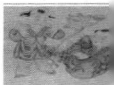

文字当中。

　　首批推出的"中国传统记忆丛书"共分四册：《图说老祖师》《图说老吉祥》《图说老物件》《图说老家风》。这既是我们在"中国传统记忆丛书"这个系列上的第一次"收获"，也是我们再一次"播种"的开端。我们会尽最大的努力，保证作品文字的生动趣味性和图片的丰富多彩性，从而将其打造成一套既具有阅读价值，又具有收藏意义的系列精品图书。

　　传统记忆，写满了沧桑，也印证了无数的精彩与希冀！

　　我们坚信，第二次、第三次及至更多的"收获"，会伴随我们的努力耕耘，如期而至。

　　如果这套丛书能够得到你的欣赏，为你唤回一些美好的思绪，并让你的心灵因传统文化的润泽而变得更加充实和明朗，我们将倍感欣慰。

　　我们也更愿意继续！

矫友田

2014 年 11 月

目　录

第一辑 吉祥灵物篇

华夏图腾：龙

龙，是中华民族发祥和文化启瑞的象征。上下五千年，龙已渗透到社会的各个方面，成为一种文化的凝聚和沉淀。"龙的传人""龙的子孙"，这些称谓常常会令我们激动、奋发和自豪。作为龙的传人，我们不能对龙文化一无所知。

龙的出现，与先民的图腾崇拜有关。早期，古人对大多数自然现象无法做出合理的解释，于是便希望自己

龙，是中华民族崇拜的灵物。

旧时，全国各地均有祭拜龙王的习俗，其实这是人们对风调雨顺、庄稼丰收的一种衔愿。

民族的图腾能够具备风、雨、雷、电的力量，像鱼一样在水中游弋，像鸟一样在空中飞翔……因此，龙渐渐地形成了骆头、蛇脖、鹿角、龟眼、鱼鳞、鹰爪、虎掌、牛耳组合的样子。这种复合结构，意味着龙是万兽之首、万能之神。

龙，是中国古代神话中的"四灵"之一，人们把各种美德和优秀的品质都集中到龙的身上。古往今来，人们一直把龙视为富贵与正直的化身，认为龙英勇善战、变化多端，尤其是它们那开河移山、司云布雨的本领，在我国民间最

令人津津乐道。

龙，在上古传说中又是神的助手。在古代典籍《山海经》里，记载了一个黄帝战蚩尤的故事。

传说，蚩尤曾率领大军进攻黄帝部落，黄帝命令应龙在冀州之野抵抗蚩尤的进攻。应龙受命后，用它司水的本领将水蓄积起来，造成对方缺水，以此阻止对方进攻。但蚩尤请来风伯和雨神，纵风下雨。黄帝又从天上派下一名叫魃的女神协助应龙，止住了风雨，最终将蚩尤击败。

自古至今，龙一直都是琢玉工匠们最喜欢表现的题材之一。

在现代艺术作品中，龙的形象多为五爪。旧时，我国民间曾有"五爪为龙，四爪为蟒"的说法。这种区别，主要是针对皇帝与下臣服装上的纹饰来说的：皇帝穿五爪的"龙袍"，其他皇族和下臣穿四爪的"蟒袍"。

中国龙并非一开始就是五爪，而是从三爪、四爪到五爪发展起来的。在我国历史上，龙的造型的演化大致可分为以下几个时期：

古时，庶民的服饰严禁有龙的纹饰。这件清代的龙袍是天子权势的象征。

自仰韶文化、大汶口文化、龙山文化时期，经商周延续到秦汉，为夔龙期。这一时期，龙的形象以夔龙为代表。夔龙的原型为湾鳄或巨蜥。

应龙期最早见于商周时期，但作为艺术分期的应龙，可能始于秦代，盛行于汉代，延续到隋唐。这一时期的龙爪多为三爪。

黄龙期始于唐宋，盛行于明清。宋元时期多为三爪，明清时期多为四爪、五爪。自元代起，只有皇家可以使用五爪龙造型，民间只能用三爪或四爪龙的图案。

自民国时期至现代，由于龙与封建统治者脱离了关系，人们可以按自己的喜好随意绘制或塑造龙的造型。当然，因为五爪龙在历史上的特殊地位，人们还是普遍偏爱五爪龙的造型。

龙，不仅是中华民族的象征，还是我国民

螭吻是古代建筑上的吞脊兽，具有灭火消灾的民俗寓意。

间最受人们喜爱和崇拜的灵物。无论是在建筑、雕刻方面，还是在绘画和文学艺术作品当中，龙的形象无处不在。

关于龙的传说，举不胜举，而在众多美丽的传说当中，流传最广的是"龙生九子"和"四海龙王"的传说。

"龙生九子"是指龙生了九个儿子，但九个儿子各有所好。老大"囚牛"，喜欢音乐，蹲立于琴头之上；老二"睚眦"，嗜杀喜斗，常被镂刻于刀环、剑柄吞口；老三"嘲风"，平生好险，人们常见的殿角走兽便是它的形象；四子"蒲牢"，受到击打便大声吼叫，因此作为洪钟提梁的兽钮，助其鸣声远扬；五子"狻猊"，形如狮子，喜烟好坐，倚立于香炉足上，随之吞烟吐雾；六子"赑屃"，似龟有齿，喜欢负重，常俯在石碑下；七子"狴犴"，形似猛虎，好诉讼，狱门或官衙正堂两侧有其像；八子"负屃"，身似龙，性情斯文，盘绕在碑首；九子"螭吻"，口润嗓粗而好吞，于是成为殿脊两端的吞脊兽，取其灭火消灾之意。

"四海龙王"则分别是东海敖广、南海敖钦、西海敖闰、北海敖顺。

旧时，我国许多地区，尤其是沿海地区，对龙王都极为崇拜。因此，大大小小的龙王庙像土地庙一样普遍。人们祭拜龙王，是祈求它们能够保佑农业风调雨顺、渔业平安风顺。

千百年来，龙作为一种精神象征，已经成为我国民俗节日中一道不可缺失的风景。每年三月十五元宵节，人们都要舞龙灯。这一

我国民间每逢重大喜庆节日，经常通过舞龙灯来祈祷风调雨顺、生活富足。

习俗，已经延续了1000多年。

农历二月初二是汉族的"龙抬头节"。此时，正值惊蛰、春分时节，大地逐渐转暖。民俗认为，蛰伏一冬的龙正是在这一天抬头活动的，所以雨水也就多了起来，于是就有了"二月二，龙抬头；大仓满，小仓流"的民谚。在这一天，北方一些地区有"穿龙尾"的习俗。人们用线绳、彩纸、秫秸等材料穿成串，宛如龙的形状，悬挂于屋梁之上，寓意为将龙留在家中，以图风调雨顺。

农历二月二这天，人们的食物也都是龙身上之物，如饺子是"龙耳"，烙饼是"龙鳞"，面条是"龙须"等。

赛龙舟是端午节的一项重要活动，有不少民俗学者将端午节称为"龙的节日"。至于"龙舟竞渡"，则是祭神娱神祈求保佑的一种形式。

在我国的少数民族中，也有许多与龙有关的节日。比如我国中南地区的壮族、瑶族和西南地区的哈尼族，均有祭龙节。

龙是伟大的，因为它赢得了所有炎黄子孙的尊敬；龙又是虚无的，因为它只是一种精神。但龙的精神，将永远激励我们不懈地去追求。

富贵祥瑞：凤凰

凤凰，原本是中国神话故事中的神鸟。后来，它与龙一起成为中华民族和平与奋进的象征。据我国第一部解释词义的词典《尔雅》注

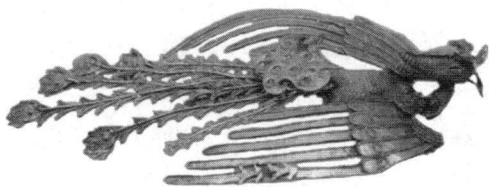

在传说中，凤凰是一种"不死鸟"，就像这只金凤一样，永远闪烁着迷人的光泽。

解：凤凰为祥瑞之鸟，鸡头、蛇颈、燕颔、龟背、鱼尾，羽毛色彩绚丽。

在神话故事中，凤凰每次死后，周身都会燃起大火，然后会在烈火中获得比以前更加强大的生命力，这称为"凤凰涅槃"。如此周而复始，凤凰便获得了永生，故有"不死鸟"之称。

自古至今，凤凰一直被人们视为瑞鸟，是天下太平的象征。

相传，黄帝在位时，想亲眼见一下传说中的凤凰。为此，他向自己的辅臣天老请教。天老听了之后，回答道："凤凰显形，乃是祥瑞的征兆，只有太平盛世才会出现。"

黄帝听了之后很不高兴，说："我即位以来，天下太平，难道没有资格看到凤凰吗？"

天老毫不掩饰地说："东有蚩尤，西有少昊，南有炎帝，北有颛顼，四方强敌都在虎视眈眈，何来天下太平？"黄帝认为天老说的话很有道理，便决定率兵讨伐，最终统一了天下。

此后，他果然看见一只五彩翎毛的大鸟在天空翱翔，并且有数不清的奇珍异鸟围绕着它翩翩飞舞。黄帝这才知道，那只大鸟就是他梦想看到的凤凰。而他看到的那一幕瑞景，就是世人所说的"百

鸟朝凤"。

凤凰文化的诞生，与远古稻作文化有着十分密切的关系。在远古时期，我国南方的稻作民族以"鸟"为图腾。这种被原始先民视为图腾的鸟，古称"丹雀"，又称"阳鸟""鸾鸟"等。

据东晋王嘉撰写的志怪小说集《拾遗记》记载，传说在炎帝时期，有一只丹雀衔着一株九穗禾在空中飞时，不小心将其遗落在地上。炎帝捡到之后，便将禾苗种在田里。凡是吃了这种稻米的人，都会长生不老。所谓丹雀，其实就是凤凰的原型。

百鸟朝凤，在中国传统文化中具有非常深远的影响。

由于凤凰文化深深地植根于稻作文化之中，而"禾"与"和"谐音，因此和平、和美就成了凤凰形象的基本象征。

在中国传统文化中，凤凰的形象不仅代表着自然万物之"和"，也代表着人类社会之"和"。后来，凤凰的"五色"被看作是维系古代社会和谐安定的五条伦理象征，即"德、义、礼、仁、信"。

凤穿牡丹，寓意着富贵连连。巧手的农家妇女在花馍制作中，将这一题材发挥得淋漓尽致。

在古代，凤凰还被用来指代具有高尚美德之人。主张"和为贵"的大圣人孔子，便是中国历史上第一位被尊称为"凤"的人。古代伟大的思想家老子就曾用"凤"来比喻孔子。

凤凰，也是中国皇权的象征。它常常和龙一起搭配使用，凤凰从属于龙。尽管凤凰也有雌雄之分，然而人们一般将其视为雌性。"龙凤呈祥"，是最具中国民间特色的图腾，在我国民间工艺美术作品中有大量类似的造型。

经过数千年的传承与演进，凤凰也已成为中华民族传统文化中的一个重要组成部分。

龙凤呈祥，象征着吉祥、喜庆和天下太平，也象征着婚姻幸福美满。

赐福仁兽：麒麟

中国传统记忆丛书

麒麟，是中国古代神话传说中的"四灵"之一。麒麟与凤凰一样，有雌雄之分：麒为雄，麟为雌。从麒麟的外形上看，它是集龙头、鹿角、虎背、熊腰、狮眼、蛇鳞、马蹄、猪尾于一身，是代表祥瑞的神兽与仁兽。根据众多古籍的描述，麒麟长寿，能活两千年，而且它还能吐火，声音如雷。

传说中的麒麟，性情温良。它的头顶上虽然长着角，但角上却生肉，是"设武备而不用"的仁兽。对于麒麟的崇拜，之所以能够在发展传承中被广大民众和统治阶层普遍接受，就是因为它具有仁厚君子的谦谦风度，符合几千年来中国的礼教和儒家风范。

早在春秋战国时期，在《春秋》《孟子》等儒家经典中，就已经出现了关于麒麟的记载。如《孟子·公孙丑》中有"麒麟之于走兽，凤凰之于飞鸟"的记载。

《春秋》中则记载了这样一件事情：鲁哀公十四年春天，他率众在西部狩猎时，猎杀了一只麒麟。孔子知道此事后，曾流泪悲叹：周王室注定要衰亡。因为古人认为麒麟是给人们带来吉祥的瑞兽，它竟然被恶意猎杀，这是极大的凶兆，也是王室将亡的预兆。为此，孔子甚至中断了《春秋》一书

民间崇拜麒麟，是因为传说中它能够使人丁兴旺。这只牙雕的麒麟，正在为谁家送去一对儿女呢？

的创作，后来由其弟子续成。因此，后人将《春秋》称为《麟经》或《麟史》。由此可见，在春秋时期人们对麒麟的信仰就已经很深了。

麒麟作为吉祥物，其形象在我国古代经常被采用。比如汉高祖曾令丞相萧何在长安的未央宫内修建了一座麒麟阁。汉宣帝回忆往昔辅佐有功之臣，乃令人画十一名功臣图像于麒麟阁以示纪念。唐代诗人杜甫曾为此发出"今代麒麟阁，何人第一功"的感慨。

清代一品武官官服上的补子，选用的就是麒麟图案。

麒麟的形象，在官员朝服上也屡屡被采用。清朝时，一品武官的补子图案就是麒麟，可见其地位仅次于龙。

麒麟文化，与我国旧时的生育民俗也有着非常密切的关系。传说，孔子的母亲颜氏在怀胎十月时，路过尼山，突然感到肚子一阵剧痛，马上就要生产。这时候，空中传来一阵轰鸣声。一只独角麒麟驮着一个白白胖胖的小娃娃，驾着五彩祥云从天而降。此时，瑞气纷呈，红光满天，独角麒麟撞进颜氏怀里，接着孔子就诞生了。这就是"麒麟送子"的来历。从此，"麒麟送子"的习俗，便成为我国民俗活动中的一个重要内容。

传说麒麟能够送来官居高位的子嗣，因此各地的年画艺人曾创作出许许多多风格迥异的《麒麟送子》年画。

过去，每逢春节，民间有张贴《麒麟送子》年画的习俗。年画上面是一只全身披有鳞甲的麒麟，背上驮着一个手抱莲蓬的儿童，具有"连生贵子"的寓意；后面还跟着一位送子的女子，穿戴华贵。背景则是祥云缭绕，充满着"天赐贵子"的喜庆气氛。

千百年来，麒麟在民间一直被视为吉祥如意的象征，人们祈望它能够带来福禄、丰年和长寿。

旧时，在江南地区，每逢春节都有"唱麒麟"的习俗。人们抬着用竹骨和纸扎制的麒麟，配上锣鼓伴奏，依次到各家门前演唱，以示庆贺，其内容大都为恭贺新年。

自古至今，人们都喜欢佩戴有麒麟形象的护身符，其质地有金、银、铜、玉等。尤其讲究为幼儿佩戴麒麟锁，以此祝福孩子健康平安、长命百岁。

以前的民间建筑多为砖木结构，盛行在门楣、窗框、房檐、屋脊、柱础、影壁、抱鼓石等处，以砖雕、木雕和石雕的方式装饰寓意深刻的吉祥图案。麒麟，便是最常用的吉祥动物图案之一。有些大户人家还在大门两侧装饰石雕麒麟，既显示出门庭高贵，又有避邪镇宅的作用。

此外，麒麟的造型在我国民间的剪纸、年画、刺绣、印染等工艺中也被广泛使用，创作出了许许多多精美无比的作品。

麒麟，虽说是由古代劳动人民虚构出来的一种动物，但在现实生活中却是那么活灵活现，深入人心。麒麟，也成为我国人民生活中永久的吉祥物。

我国民间为刚出生不久的孩子佩戴"麒麟送子"银锁，则是期望孩子能够健康平安。

山东高密等地泥塑艺人创作的麒麟玩具，曾经跟泥老虎一样，深受孩子和大人们的喜爱。

寿长千年：龟

龟，是中国古代传说中的
"四灵"之一。在所谓的"四
灵"之中，龙、凤凰和麒麟都
是人们虚构出来的神话中的动
物，而龟是唯一一种现实中存
在的爬行动物。

龟，可以在陆上及水中生
活，也有在海中生活的海龟。
古时，人们对龟是相当崇拜的，
龟文化也源远流长。龟，被人

龟与鹤组合在一起，谓之"龟龄鹤
寿"，有健康长寿的寓意。

们看作是吉祥如意、刚正不屈、先知先行的灵物。

在我国传统文化中，龟与鹤一样，都被视为长寿之物。因此，
民间才会有以"龟龄鹤寿"来比喻长寿的说法。在古代诗文中，也
往往将龟与寿联系在一起，寄寓美好。

西汉时期淮南王刘安及其门客集体编撰的《淮南子》一书中记
载："龟之千岁。"南朝梁代著名文学家任昉编撰的《述异记》记
载："龟一千年生毛，寿五千岁谓之神龟，寿一万年曰灵龟。"唐代
诗人白居易在《致陶潜体诗十六首》中云："松柏与龟鹤，其寿皆
千年。"这些描述，都是盛赞龟为长寿之物。

古人还认为，在龟背的纹理之中隐藏着天地的秘密。因此，它
又是一种神秘而具有丰富文化内涵的动物。据西汉时期戴圣编纂而
成的《礼记》一书记载，龟有预测吉凶的灵性。龟还被认为是人与
神的媒介。所以在夏、商、周时期，社会上形成了一种以龟甲占卜

的文化现象。

古人在举行重大活动之前，巫师都要烧龟甲，然后根据龟甲上爆裂的纹路来占卜吉凶。故而，龟又有"神龟""宝龟""灵龟"之称。

商代是龟卜文化的鼎盛时期。商代人占卜，都要把所卜之事记录下来，并刻在龟甲与兽骨上。这就是我们经常提及的甲骨文。

甲骨文，主要是指殷墟甲骨文，又称"殷墟文字"。殷商灭亡，周朝兴起，甲骨文还绵延使用了一段时间。目前所发现的甲骨大约有15万片，4500多个单字。这些甲骨文所记载的内容极为丰富，涉及商代社会的诸多方面，不仅包括政治、军事、文化、社会等内容，还涉及天文、历法、医药等科学技术。

鳌是传说中的一种大龟，民间还将其视为观音的坐骑。

周代，是龟卜文化继续发展的时期。据我国最古老的历史文献《尚书》记载，周文王曾留给后人一只能传达天意、象征国家安危的大宝龟，只有在国家危难之时才可以用宝龟来进行占卜。另据《礼记》记载，当时的卿大夫家中不能私藏宝龟。

周代执掌龟甲占卜的，有太卜、卜师、龟人、占人等。占卜的内容和对象非常广泛，上至国家大事，下至日常生活细节，如祭祀、征伐、狩猎、收成、风雨等，都可以用龟甲进行占卜。古人把占卜的结果看成是上苍的神意指令，必须遵照执行，否则会化吉为凶、大难临头。

商代时，统治者用来占卜天气晴雨的龟背卜甲。

春秋时期，是龟卜大普及的时代。上至天子，下至诸侯、卿大夫以及家臣，无不用卜。在此之前，龟卜一直为王室垄断。在诸侯当中，只有个别有功的大臣得到天子的恩准之后，才可以名正言顺地使用龟卜。不过，龟卜在经历了春秋时期的大普及之后，人们对天命神权的龟卜观念产生了动摇，这直接导致了龟卜文化的衰退。

在汉代的时候，龟钮印章是权势与官位的象征。

到了汉代，龟卜现象已经非常少见了，但龟作为祥瑞之物，仍然受到人们的顶礼膜拜。当时，五品以上的文武百官皆赐以龟钮印章，这是皇权的象征和官禄的标志。就连当时调动军队所使用的兵符也称为"龟符"，罢官则称为"解龟"，由此可见龟在人们心目中的地位之高贵。

在汉代的画像石中，玄武是经常被表现的一个对象。玄武的形象，即龟和蛇的结合体。玄武被视为吉祥的瑞物，具有压胜辟邪的作用。汉代的铜镜上，也经常以玄武作为装饰纹样。在我国传统文化中，玄武也是表示北方的方位神。这主要是源于古人"天圆地方"的观念。

龟蛇合体的玄武，是祥瑞的象征。在中国古代建筑文化中，玄武瓦当是建筑装饰的一种重要形式。

古人认为，乌龟的背甲是隆起的圆形，像天；腹甲是方的，像地；而龟的脚就像支撑天的四根柱子。《淮南子》记载女娲炼石补天，"断鳌足以立四极"，鳌，就是龟。也就是说，龟就是一个小宇宙，是缩小的天地。

到了唐代，人们对龟文化的崇拜继续发展。武则天执政时，五品以上的官员都佩戴一种龟形

唐代时，文人墨客对龟文化仍然颇为赏识，龟形砚台等文具很常见。

的小袋，名为"龟袋"。龟袋上分别饰有金、银、铜三种金属材料，即金龟袋、银龟袋、铜龟袋，以此区分官员品级的高低。这一时期，吉祥的龟文化还传播到了邻国，特别是日本。

对龟文化的崇拜，一直到了明代才开始发生变化。原先象征祥瑞、长寿、皇威的龟，变成了一个贬义词。对此，有人认为这种传统观念的转变与明朝开国皇帝朱元璋有关。据说朱元璋曾出家当过和尚，因此在当了皇帝之后，十分忌讳别人说他当过和尚。当时，凡是在诗文中出现"光"和"秃"字的，一经发现即遭杀身之祸。"和尚头"一词，在民间也叫"乌龟头"。于是，在"文字狱"高压之下的文人，常借乌龟之名来暗骂朱元璋。从此，龟的形象一落千丈。

这样的解释看起来有趣，但实际上并非如此。古人对龟文化态度的转变，其根源应该在于人们对传统龟文化中"安身立命，与世无争"的消极人生态度的反驳。

现在，每当提及乌龟，我们往往会理解为含有嘲讽之意。其实，乌龟本身是一种可爱的动物。作为中国古代的"四灵"之一，乌龟真真切切地生活在我们的身边，默默地延续着一个古老的传奇。

招财辟邪：貔貅

貔貅，又名天禄、避邪，是中国古代神话传说中的神兽。貔貅能够腾云驾雾，号令雷霆，有辟邪挡煞、镇宅护院之威力。

传说，貔貅的主食是金银珠宝，浑身宝气，因此深得玉皇大帝宠爱。不过，吃多了总会拉肚子。有一天，它因为吃多了忍不住随地便溺，惹恼了玉皇大帝。玉皇大帝一巴掌拍过去，貔貅的肛门被封了起来。从此，金银珠宝只能进不能出。

貔貅有嘴无肛门，吞万物而不泄，可招财聚宝，只进不出。所以在我国民间，貔貅被视为能纳八方之财的灵物，同时还能催生官运。

在我国民间还曾流传过这样一个故事：很久以前，貔貅是一种生活在西藏、四川康定一带的猛兽，勇猛善斗。当年姜子牙助周武王伐纣时，在行军途中偶见一只貔貅。但当时无人能识，姜子牙觉得它威猛非凡，便想方设法将它收服，并将其作为自己的坐骑。姜子牙骑着它南征北战，屡打胜仗。后来，周武王见貔貅如此骁勇善战，就给它封了一个官，官衔为"云"。

貔貅的食量大得惊人，而且只吃不拉。它

传说貔貅主食金银珠宝，且只吃不拉，因此在我国民间被视为招财进宝的神物。

姜子牙的坐骑就是一只貔貅。它勇猛善战，在民间有护家卫院的神职。

唯一的排泄就是从全身的皮毛里分泌出的一点点奇香无比的汗液。闻到这种奇香之后，四面八方的动物都不由自主地赶来舔舐，结果都成了貔貅的美餐。

传说终归是传说，在我国古代，貔貅在皇宫里却有两个正式的称谓。汉高祖刘邦，曾命名貔貅为"帝宝"。貔貅造型为皇室专用，通常摆放在王陵的门口或是内务库，一般官员和百姓之家严禁使用。各朝各代的帝王均将貔貅定为御用物品。如果发现有人私藏貔貅，会被认为有劫财劫宝之意，论罪当斩。又因为貔貅专食各种猛兽、邪灵，故又名"避邪"。

《尚书·牧誓》记载，在距今3000多年以前，周武王的部队"如虎如貔"，大败商纣王。以后的帝王们都充分利用貔貅这个特长，将貔貅的形象绣到军旗上，希望自己的军队在打仗的时候，能够像貔貅一样勇猛无比。另外，也希望貔貅能够帮助他们抢来更多的金银财宝。因此，过去的军队也称为"貔貅之师"。

元朝建立之后，为了使天下安定，风调雨顺，也出于对水源的渴求（北方缺水），在修建鸿源观的时候，就将貔貅放在水神的胯下，成了水神的坐骑。而且，每一个士兵在出征打仗的时候，都要佩戴貔貅。

到了明代，貔貅这种灵兽已经深入民间，并被老百姓所接受。到了清朝时，貔貅的形象再一次回到军队中，军队在出征打仗时要举"貔貅旗"。而且，在出征之前，将士们一定要到鸿源观进香，以求平安归来。

貔貅像龙和麒麟一样，是一种备受人们崇拜的吉祥灵物。在我国民间，人们通过各种方式来表达对貔貅的喜爱。有的将玉雕貔貅供奉在厅堂或店铺里，有的则将石雕或铜塑的貔貅直接摆放在店铺门口两侧，以期财源广进。

每逢新春佳节或喜庆之日，我国民间除了有舞龙、舞狮的习俗之外，在广东的部分地区还有舞貔貅的习俗。在舞动时，貔貅的眼、耳、口、须能分别做出眨眼、扇动、开合和拂动等动作。

古代的玉雕艺人还创造出了母子貔貅这一形式，使其招财辟邪的法力更胜一筹。

其实，不管人们采用哪一种方式，最终目的都是为了寄托祛灾托福的心愿，并希望貔貅能够把邪气赶走，带来幸福和好运。

吐宝生财：金蟾

金蟾，是传说中的一种吉祥灵物，在我国民间的影响非常广泛。现代，金蟾的造型很多，一般为坐蹲于金元宝之上的三足蟾蜍。它背负钱串，体态肥硕，满身富贵之气。金蟾有"吐宝发财、财源广进"的美好寓意，所以民间有俗语："得金蟾者必大贵也。"人们将金蟾摆放在家中或商铺里，以期财运亨通、大富大贵。

金蟾的来历，与我国民间传说中得道成仙的刘海有着直接的关系。刘海是五代时期辽朝的进士，后为丞相辅佐燕王刘宗光。一天，一位自称纯阳子的道士（吕洞宾）来拜访他，并用一枚金钱间搁一个鸡蛋来提醒刘海"居荣禄，履忧患"。

刘海顿悟，辞去相职，并改名为刘玄英，道号"海蟾子"，拜吕洞宾为师并得道成仙。后来，刘海被元世祖忽必烈封为"海蟾明悟弘道真君"，武宗皇帝加封他为"海蟾明悟弘道纯佑帝君"。

蟾蜍相貌丑陋，分泌物有剧毒。因此，在过去被人们误解为"毒虫"，并列为"五毒"（蝎子、蛇、蜈蚣、壁虎、蟾蜍）之一。但因为人们对刘海十分尊崇，而刘海以"蟾"为道号，再加上"刘海戏金蟾"的传说在民间广泛传播，使得蟾蜍最终被抬上了财神的"宝座"。

在我国民间，流传着许

金蟾是招财进宝的灵物，至今仍有些商家喜欢在店铺里摆设它，以祈望生意兴隆、财源旺盛。

在过去的年画之中，金蟾的题材非常多见。这是清代高密扑灰年画《蟾宫折桂》，它为人们带来梦想中的功名与利禄。

多"刘海戏金蟾"的故事。相传，刘海法术高深，喜欢周游四海，降妖伏魔，造福人间。一天，他降服了常年危害百姓的妖精金蟾。在斗法的过程中，金蟾断了一条腿，所以只剩下三条腿。从此以后，金蟾臣服于刘海门下。为了将功赎罪，金蟾使出绝活，咬进金银财宝，助刘海造福世人。

而流传于湖南常德等地的"刘海戏金蟾"的故事，却是源于刘海和胡秀英的一段坚贞的爱情。相传，常德城内的丝瓜井里有一只金蟾，它经常在夜里从井口吐出一道白光，直冲云霄。有德之人，乘此白光可以得道成仙。

有一个名叫刘海的青年，就住在井旁。他为人厚道，且非常孝顺。他经常到附近的山里砍柴，卖柴换米，与母亲相依为命。

山林中有只狐狸精十分爱慕刘海，便幻化成美丽俊俏的姑娘胡秀

"刘海戏金蟾"的故事，在我国民间流传了近千年，它使金蟾成为一种家喻户晓的祥瑞之物。

一对现代工艺的木雕金蟾，合抱着一个大大的元宝，它们准备抬入谁家呢？

英。二人结婚后，胡秀英想帮助刘海登天。一天，她从口中吐出一粒白珠，让刘海做成诱饵，垂钓于丝瓜井中。那只金蟾被钓起，刘海乘势骑上蟾背，纵身一跃，羽化成仙而去。后人为了纪念刘海行孝得道，在丝瓜井旁修建了蟾泉寺，并供有刘海的神像。至今，仍在民间广泛流传的《刘海戏金蟾》和《刘海砍樵》等剧目，就是取材于这个传说。

其实，"刘海戏金蟾"的故事，只不过是道家辟谷之人的附会罢了。此后，"刘海戏金蟾"这个题材，大量出现在民间年画和剪纸当中，历代画家也有不少与这一题材相关的佳作传世。

在这些作品当中，刘海皆是手舞足蹈、喜笑颜开的顽童形象。他手持钱串，一只三足大金蟾叼着钱串的另一端，做跳跃状，充满了喜庆、吉祥的色彩。

第二辑　吉祥神灵篇

千古流芳：八仙

八仙，在中国民间众多神灵当中影响非常广泛，有关他们的传说也一直被人们津津乐道。八仙的传说起源很早，但人物有多种说法。

我国历史上最少有三种"八仙"，最早的是六朝时代的"蜀之八仙"，即容成公、李耳、董仲舒、张道陵、庄君平、李八百、范长生、尔朱先生。据道教传说，他们均在蜀中得道成仙。东晋谯秀在其所著的《蜀记》一书中，也将他们称为"蜀之八仙"。

在唐代，有八位因好饮酒而成挚友的士大夫，即李白、贺知章、李适之、李琎、崔宗之、苏晋、张旭、焦遂。《新唐书》中将他们称为"酒中八仙"，他们的酒友诗谊已经成为千古佳话。

现在公认的八仙，大约形成于元代，但最初人物也不尽相同。一直到了明代，吴元泰创作《东游记》，又名《上洞八仙传》，以及"八仙过海"故事的广泛流传，八仙人物才逐渐确定下来，即铁拐李、汉钟离、张果老、何仙姑、蓝采和、吕洞宾、韩湘子、曹国舅。

千百年来，八仙的传说一直被人们津津乐道，与之相关的艺术作品也是层出不穷。这是清代牙雕艺人创作的八仙群像。

"八仙过海"的故事，是八仙传说中流传最广的一个。这幅清代的杨柳青年画，生动地描绘了这个故事。

"八仙过海"的故事，是八仙传说中最脍炙人口的一个。相传，白云道长在蓬莱仙岛的牡丹盛开之时，邀请八仙及五圣共襄盛举。在返程时，铁拐李提出不搭船而各自想办法过海。铁拐李说着将腰间的葫芦抛进海里，汉钟离则扔出芭蕉扇，其他神仙也各自掷出法器下水，准备横渡东海。

张果老与何仙姑共同驾乘道情筒渡海。

八仙的举动惊动了龙宫。东海龙王便率虾兵蟹将出海观望，言语之间跟八仙发生冲突，引起争斗。东海龙王趁八仙不备，将蓝采和擒入龙宫。其余神仙大怒，各自施展神通，斩杀了两个龙子。虾兵蟹将抵挡不住八仙的攻势，纷纷败下阵来，潜逃至海底。

东海龙王请来南海、北海和西海龙王，掀起狂涛恶浪，朝神仙们杀奔而来。危急时刻，曹国舅的玉板大显神通。他怀抱玉板在前面开路，凶涛恶浪向两边退去，众仙紧随其后，顺利渡海。最后，在南海观音的调停之

中国传统记忆丛书

圖说
老吉祥

下，东海龙王释放了蓝采和，双方才停战。

八仙们还各有一个得道的故事，也都非常有趣，流传十分广泛。

铁拐李，民间传说为八仙之首。他姓李，名玄，又名李凝阳、李洪水。据说他原本长得十分魁梧，相貌堂堂。他在砀山洞中修行时，按照约定他的元神要去参加老君的华山仙会。临走之时，他对弟子说，倘若元神七日后不返，便将他的身体焚化。不料到了第六天，弟子家中来信说母亲病危。弟子无奈，只好先将他的身体焚化。不久，铁拐李的元神回归，无处可托，只好附在一个饿死的乞丐身上。他站起来之后才发觉不对，赶忙从葫芦里倒出老君赠的仙丹。葫芦闪出金光，映出的却是一个蓬头黑脸、面相丑陋的人，而且右脚还有残疾。他正在惊讶之时，忽听有人在身后鼓掌。鼓掌者正是老君。老君对他说："道行不在于外表。你这副模样，只需功力充满，便是异象真仙。"于是，老君授他金箍一道收束乱发，铁拐一根助其跛足。铁拐李背的葫芦里据说装有仙药，专门用来治病救人。

蔚县剪纸作品里面的铁拐李形象。

在八仙中，名气仅次于铁拐李的是汉钟离。据明代王世贞辑、汪云鹏补的《列仙全传》记载，汉钟离原为汉朝大将军。在征讨吐蕃时，被上司梁冀嫉妒，只配给他老弱残兵两万人。他率军刚到达目的地，就被吐蕃军劫营，军兵四散而逃。汉钟离逃进一个

清代高密扑灰年画作品里的吕洞宾和汉钟离形象。

杨家埠年画作品里的汉钟离形象。

山谷里，不久便迷了路。在途中，他遇上一名胡僧。胡僧将他带到一个小村庄前，只说了一句"这是东华先生的住处"便告别而去。

过了一会儿，一位披着白色鹿裘、扶着青色藜杖的老者走出来，问道："来者可是大将军汉钟离？"汉钟离大惊，知道遇上异人，便诚心向老者学习救世之道。老者传授汉钟离"长真诀"及金丹火候和青龙剑法。后来，汉钟离又遇见华阳真人，学得"长生诀"。后来，他隐居崆峒山，得到"玉匣秘诀"，修炼成仙。传说，汉钟离在唐朝时度化了吕洞宾，是道教北五祖之一。他的形象常常是袒胸露乳，手摇棕扇，大眼睛，红脸膛，头上扎着两个丫髻，神态自若。

张果老名张果，因为在八仙中年事最高，人们尊称其为"张果老"。据史料记载，张果老是唐朝时的一名道士。他擅长法术，经常隐居在中条山，往来于汾晋之间。民间传说他活了数百岁。

据说唐太宗和唐高宗时，都屡次征召过他，都被他婉拒了。武则天也曾召他出山，张果老就在庙前装死。时值盛夏，很快，他的尸体就腐烂发臭了。武则天听后，只好作罢。但过了不久，又有人在山里见到了他的身影。民间传说他常背着一个道情筒，倒骑毛驴，云游四方。他所骑的驴，日行万里，夜间则折叠成纸，放在箱子里。白天要骑的时候，把水含在嘴里喷洒一下，又会变成一头驴。后人题诗云："举世多少人，无如这老汉；不是倒骑驴，

高密扑灰年画作品里的张果老形象。

圖説
老吉祥

28

万事回头看。"

何仙姑，原名何秀姑，是八仙之中唯一的女仙，她手中经常持一朵荷花。何仙姑生于唐朝武则天时期，她出生时紫云绕室。她从小聪慧过人，15岁时梦见神人教她食云母粉。食后，她身轻如燕，往来于山林之间，每天早出晚归，采摘山果孝敬母亲。后来辟谷，言语异常。武则天听说后，派使者前来召请，何仙姑却不知去向。

蓝采和是一位玩世不恭、似狂非狂的行乞道仙。南唐沈汾所著的《续仙传》、宋代初期成书的《太平广记》等典籍中均载有他的事迹。他是唐朝开元天宝时人，行为怪异，经常穿着破烂的衣服，一只脚穿靴，另一只脚赤足。夏天，他在长衫内穿着厚厚的内衣；冬天，他躺在雪地里，呼出的气宛若蒸汽一般。每次在大街上行乞，他都手持一件三尺多长的大拍板。他把讨来的钱穿在一根绳子上，拖在身后，就是掉在地上也不去管。有时候他将钱送给穷人家，有时候则花在酒肆里。有人在孩童时见过他，到老后再见他时，蓝采和的容貌依旧。后来，有人见他在壕梁酒楼上饮酒，然后忽然乘鹤飞向天空。

在八仙中流传故事最多的当属吕洞宾。在道教中，全真道奉其为"纯阳祖师"，又称"吕祖"。据史料记载，吕洞宾姓吕名岩，

杨家埠年画作品里的何仙姑形象。

高密扑灰年画作品里的蓝采和形象。

蔚县剪纸作品里的韩湘子形象。

圖説
老吉祥

唐代末期人。宋代罗大经的《鹤林玉露》、南宋洪迈的《夷坚志》及《集仙传》等古代典籍中，都有关于吕洞宾事迹的记载。

吕洞宾 20 多年科场不第，于是罢举而纵游天下，后来被汉钟离点化成道。他是八仙中人情味最浓的一个，斩妖除怪，除暴安良。

韩湘子，本名韩湘，是唐代大文学家韩愈的侄子，是一位手持长笛的英俊少年。韩湘子幼年丧父，由叔父韩愈抚养长大。后来，汉钟离和吕洞宾倾心传授他修行之术。韩愈极力反对，训斥他不务正业。韩湘子因此而出家，隐居终南山修道，终成正果。后来，韩湘子屡次化形，度化他的叔叔韩愈，韩愈总不悟。又过了许多年，韩愈被贬职赶赴潮阳，途经蓝关的时候，遭遇暴雪封路，被冻埋在雪中。韩湘子赶来相救，并指点度化。韩愈最终感悟，也修道成仙。

排名八仙之末的曹国舅，出现的时间比较晚，流传的故事也比较少。关于其身世，说法大同小异，都跟宋仁宗的曹皇后有关。传说他是曹皇后的长弟，名景休，性情淳朴，志在清虚，不慕富贵。他的弟弟却骄纵不守法，残害人命。曹国舅深以为耻，于是入山修炼，遇到汉钟离和吕洞宾，被收为徒弟。很快，曹国舅便修道成仙。曹国舅的形象与其他仙人迥然不同，他头戴纱帽，身穿红袍官服，手

曹国舅与蓝采和一起驾乘玉板渡海。

持阴阳板（玉板）。

八仙与道教的许多神仙不同，他们均来自人间，而且都有多姿多彩的凡间故事，所以深受民众喜爱。八仙，分别代表着男、女、老、少、富、贵、贫、贱。因此，一般道教的寺院都有供奉八仙的地方，或是独立设置八仙宫。

在民间艺术作品当中，如年画、剪纸、刺绣、瓷器、木雕之中，八仙的形象随处可见。八仙每人都有一到两件宝物或法器，一般称为"暗八仙"或"八宝"，如葫芦（铁拐李）、芭蕉扇（汉钟离）、鱼鼓（张果老）、荷花（何仙姑）、花篮（蓝采和）、剑（吕洞宾）、笛子（韩湘子）、玉板（曹国舅）。"暗八仙"的纹饰，也经常出现在民间艺术作品当中，其寓意均代表着吉祥。

在中国传统工艺美术历史上，"暗八仙"纹饰是一种应用非常广泛的吉祥纹饰。

吉祥大度：弥勒佛

弥勒佛，是中国民间普遍信奉的一尊佛。"弥勒"译为"慈氏"，据说此佛常怀慈悲之心。据佛经记载，弥勒出生于古印度波罗奈国的一个婆罗门家庭，与释迦牟尼是同时代人。后来，他跟随释迦一同出家，成为佛家弟子。不过，他在释迦入灭之前先行去世。

我国民间对弥勒佛的信仰非常早。西秦时期就已经出现了手绘的弥勒佛像。五代以前的弥勒佛像，主要有菩萨形与如来形两大类。

菩萨形的弥勒佛，主要表现了弥勒菩萨上生兜率天宫为诸天说法时的形象。这时的弥勒佛是菩萨装束，两脚交叉而坐，或是以左脚下垂、右手扶脸颊的沉思形象。而如来形的弥勒佛，则是下生成佛后的形象，跟释迦佛的造像没有太大的区别。

由于弥勒佛信仰的普及，历来与弥勒佛有关的造像数不胜数。北魏献文帝时，开凿大同云冈第十三窟弥勒洞，里面安置有16米高的弥勒佛塑像。在迁都洛阳之后，又造龙门石窟，内有太和至永平年间雕凿的大小弥勒佛数百尊。此外，山东济南黄石崖、千佛山，也有许多北朝所造的弥勒佛。

弥勒佛在信徒心目中的地位非常

这是北魏孝昌年间雕凿的弥勒佛像，跟释迦佛的造像还没有太大的区别。

中国传统记忆丛书

图说
老吉祥

高，故而陆续产生了一些弥勒佛巨像。在北京雍和宫万福阁内，有一尊木雕弥勒佛像。佛像高18米，埋入地下8米，总长26米，是由一根完整的白檀木雕成的。

最大的石雕弥勒佛像，则是四川凌云大佛，又称"乐山大佛"。此佛立于四川乐山市岷江东岸凌云山上，佛头与山齐，足踏大江，双手抚膝，高71米，肩宽24米。雕像比例匀称，气魄雄伟，是世界第一石刻弥勒佛坐像。

这是清代康熙年间的著名玉雕高手周尚均创作的弥勒佛。此佛左手扶膝，右手挽念珠，面带微笑，形象生动。

大约在五代以后，在江浙一带的寺院中，开始出现了笑口弥勒佛的塑像。传说，这是按照一位名叫契此和尚的形象塑造的。据一些史料典籍记载，契此是五代时期明州（今浙江宁波）人，号"长汀子"。他经常手持锡杖，在外面行乞游化，因为他总是背着一个布袋，又被称为'布袋和尚'。

他的布袋非常神奇。不管是水瓶瓦钵、木鱼念珠，还是破衣烂衫等，都统统装在布袋里面，似乎应有尽有，永远也掏不完。他平时还会捡拾一些别人扔掉的废物放到布袋里。有些人看见了，便嘲讽他身上背的是一个"垃圾袋"。他听了之后，却笑答以偈："有时备无时，无用变有用。"

契此和尚的形象很有特点：塌鼻梁，大肚子，身材矮胖。他的行为也很奇怪：天将旱时便穿高齿木屐，天将涝时则穿湿草鞋。人们根据他的穿着，能够预知天气的变化。他没有固定的住处，随处寝卧。他经常在街市上乞食，不管荤素好坏，除了拿出一

德化窑瓷弥勒佛像，手持元宝，杖挑布袋，一副平易近人的财神形象。

宽容大度的弥勒佛，是民间工匠极为喜欢的一个题材。这件圆雕弥勒佛像，雕工细致入微，生动传神。

点放入布袋，剩下的随口即食。

更加令人奇怪的是，他走到哪儿行乞，哪儿的生意就分外好。他逢人便笑，且言语无常，然而，他所说的话大都变为现实。

后梁贞明二年（916年），契此坐化于明州岳林寺内的一块磐石上。在圆寂前，他曾留下一偈："弥勒真弥勒，分身千百亿。时时示时人，时人自不识。"后人认为他是弥勒转世，建塔供奉。

到北宋时期，布袋和尚受到皇帝青睐，宋仁宗赐号"定应大师"，宋哲宗元符元年（1098年）又为布袋和尚埋骨的佛塔赐名为"定应大师塔"。北宋崇宁三年（1104年），岳林寺主持募资建阁时，在寺内塑弥勒菩萨像。此后，宋徽宗赐阁名为"崇宁阁"。从此，天下寺院才开始供奉布袋和尚。

后来，江浙一带逐渐流行把布袋和尚塑造成袒腹大肚、笑逐颜开的笑口弥勒像，并将他安置在弥勒殿里。人们见到此像，往往会受到他那坦荡笑容的感染，忘却了自身的烦恼。于是，供奉"大肚弥勒"就成了寺庙的定制。很多寺院的弥勒佛殿还有这样一副对联："大肚能容，容天下难容之事；开口便笑，笑世上可笑之人。"

大肚弥勒寓神奇于平淡，示美好于丑拙，显庄严于诙谐。弥勒佛代表了中华民族善良、宽容、幽默的品质，也蕴含着人们对美好未来的期盼。

救苦救难：观音

观音，亦称观世音、观音菩萨，是中国家喻户晓、妇孺皆知的神灵。"家家有弥陀，户户有观音"，这句古今流传的俗语就充分说明了我国百姓崇敬供奉观世音菩萨的盛况。

观音信仰传入中国，大约是在魏晋时期。当时，观音随着魏晋时期净土宗的盛行而日益深入人心。

魏晋时期社会动乱，是造成这种信仰盛行的社会现实根源。哀鸿遍野、苦难深重的动乱社会，更加促使人们尊崇救苦救难的观世音菩萨。

按照佛教的说法，观音菩萨不分贵贱贤愚，对一切人的苦难都予以拯救，并能消除人们的烦恼。这和爱护众生、给予安乐的心称作"慈"，而怜悯众生、驱除痛苦的心则称作"悲"。观世音既有博大的"爱护心"，又有非凡的"怜悯心"，所以人们美其名曰"大慈大悲救苦救难广大灵感观世音菩萨"。

我国民间早期的观音造像，都是以男子的形象出现的，而且嘴唇上还有两撇小胡子，譬如甘肃敦煌莫高窟的壁画，以及南北朝时期的木雕等。后来，特别是唐代之后，观音完全变成了女菩萨，而且是非常秀丽妩媚的女菩萨。

早期的观音菩萨是一副男儿身，还留着两撇很男人味的小胡子。

此时，对观音的身世也有了新的解释。据宋代文人朱弁的《曲洧旧闻》记载，女观音的真实身份为西域兴林国妙庄王的三公主。

观音可以显化为多种宝相。依据观音这一特点，观音信仰传入我国之后，各佛教宗派以及民间供奉着各式各样的观音。例如密宗所传为六观音，天台宗所传也为六观音。密宗六观音为千手千眼观音、圣观音、马头观音、十一面观音、准提观音和如意轮观音。天台宗所崇奉的六观音为大悲观音、大慈观音、狮子无畏观音、大光普照观音、天人丈夫观音、大梵深远观音。

隋唐时期，观音的形象开始逐渐变化。这件垂目沉思的唐代玉观音像已经完全女性化了。

我国民间还有一种传说，认为观世音有33种化身，即杨枝观音、龙头观音、持经观音、白衣观音、施药观音、延命观音、合掌观音、持莲观音、洒水观音等。

观音形象变化之多，在佛教圣众中可以说是独一无二的。这一现象本身也说明了观音是最受万民尊崇的神灵之一。

在旧时，人们信奉观音，尤其是妇女，在很大程度上是因为相信观音能够送子。《法华经》里记载："若有女人，设欲求男，礼拜供奉观音菩萨，便生福德智慧之男；设欲求女，便生端正有相之女。"这就是民间"送子观音"的由来。

送子观音俗称"送子娘娘"，通常为手捧婴儿的中年妇女形象。也有

平度年画上的千手千眼观音，千手寓意遍护众生，千眼寓意遍观世界。

的送子观音双手合十，身前站一男童。据说，妇女只要摸一摸这尊塑像，或者口中诵念《观世音经》，即可得子。

传说晋朝时，有个名叫孙道德的益州人，年过五十，仍没有儿女。他住的地方，距离佛寺很近。景平年间，一位跟他熟悉的和尚说："如果你真想要个儿子，一定要诚心念诵《观世音经》。"孙道德接受了和尚的建议，每天念经烧香，供奉观音。果然，不久他的夫人就生下一个儿子。在古代的许多典籍里面，都有类似的记载。从此，观世音与中国老百姓更加亲近了。

旧时，我国民间对观音菩萨的纪念活动总是隆重而热闹，尤其是在农历二月十九观音生日香会这天，各大寺院挤满了善男信女，他们烧香拜佛，念经放生，法事活动很多。据说在南宋时，观世音生日这天恰逢都城临安（今杭州）传统的花朝节。这正是踏春的大好时节，满路尽是前去上香的善男信女与卖花人。尤其是天竺寺，更是人山人海，人们礼佛、赏花、踏春，逐渐形成了以寺庙为中心的集市活动。

普陀山农历二月十九的观音香会就更不用说了。为了赶赴这一盛大的香会，一般从农历二月初七、初八开始，就有香客陆续上山，到二月十七、十八、十九则达到高峰。至今，浙江普陀山、上海玉佛寺等地的观音香会，仍盛行不衰。每到农历的二月

这尊乘龙观音像是用黄杨木雕刻的。乘龙观音，是观音33种化身之一，寓意救苦救难，普度众生。

在我国民间，观音还有送子的神职。因此，《送子观音》年画深受人们喜爱。这件年画作品是苏州桃花印制的。

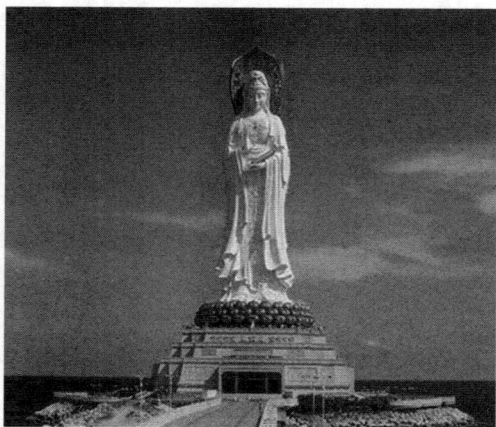

在中国传统文化中，观音是正义与美德的化身。观音信仰遍布全国各地，这是三亚的南海观音三型雕像。

十九这一天，朝拜的信徒和游客们成群结队，前往寺庙进香或游览。

观音的圣诞活动，不仅限于汉族地区，云南、贵州等地的傣族、白族等少数民族，也有庆祝观音圣诞的活动。譬如信奉南传佛教的傣族人民，在观音生日那天，男女老少都要聚在一起礼佛、念经，然后抬着观音塑像在各村游行。大家在一起开怀畅饮，载歌载舞，庆祝观音的生日。

大理地区的白族人民，对观音有一种特殊的感情。在大理有名的"四大景观"里面，竟然有三处跟观音的传说有关。据说在很久以前，大理有个凶恶的罗刹，专门吃人，尤其喜欢吃独生子女的眼睛。老百姓对其万般痛恨，却又无可奈何。这时候，观音化身为一位老僧，以法力制服了罗刹，为民除掉了祸患，然后驾着彩云升天离去。大理人民感激万分，建造佛寺进行供奉和纪念。从此以后，白族人民每逢观音生日，都要举行盛大的集会，焚香膜拜。这样一来，农历二月十九观音会也成为当地一个非常重要的民俗节日。

我国民间广泛崇拜观音的因由，想来，更主要的是人们希望人世间能够少一些残忍和暴力，多一些观音那样的慈悲与博爱吧！

福禄寿全：福禄寿三星

福禄寿三星，是我国民间深受世人崇拜的吉祥神灵组合之一。每逢年节或喜庆场合，他们的身影便会频频出现。

自古至今，在砖雕、木雕、年画、剪纸、刺绣等民间艺术作品中，福禄寿三星一直都是人们乐于表现的一个重要主题。在这些作品里面，福星手拿一个"福"字，禄星捧着金元宝，寿星则托着寿桃，拄着拐杖。

福禄寿三星，起源于远古时期人们对星辰的崇拜。在古人的心目中，浩渺无际的星空是众神的居所，每一颗星都是一位星辰之神。星辰之神虽然远在天边，遥不可及，却被认为是地上万物的主宰。最初，人们把天上的星辰想象成恐怖的怪兽模样。后来，随着道教的兴起，他们也被晋升官职，统称为星官。

在古时，人们将木星称为岁星。古人观察发现，在木星活动的12年周期当中，气候也呈现周期性的变化，而气候对农业生产非常

福禄寿三星，代表着古人对完美生活的三重梦想。过去，很多人家都供奉着他们的神像。

重要。因此在《史记》《汉书》等古代典籍里面，明确记载岁星是主管农业的星官。

从《史记·天官书》的记载来看，在两千多年前的秦汉时期，已经开始专门建

福禄寿三星的题材，在我国民间艺术作品当中经常出现。这是清末杨柳青年画上的"三星"。

造庙宇来供奉岁星。在紫禁城的先农坛旁边，就有一座祭祀岁星的大殿。每到金秋时节，皇帝就会率领文武百官在此举行盛大的仪式，祈求岁星赐福天下，保佑五谷丰登。民以食为天，丰收当然是福。因此，岁星后来被赐予"福星"的称号应该是实至名归。福的含义十分广泛，包含了世俗生活中一切美好的愿望与理想。

唐代时，一位名叫阳城的清官变成了福星的人间化身。在北宋欧阳修与他人合撰的《新唐书》里记载了这样一个故事。

唐朝时期，道州每年要把身材矮小的人作为贡品送到宫中做太监，但道州并没有那么多矮小之人。历任道州刺史为了讨好皇帝，会采用一种残酷的手段来制造畸形侏儒。他们把儿童置于陶罐中，只露出头部，由专人供给饮食。由于受到陶罐的挤压，儿童即便长大，也会变成侏儒的模样。阳城任道州刺史之后，冒死上书给当朝皇帝，拒绝上贡，为当地百姓免除了这一灾祸。百姓感念其恩德，便尊其为福神。

自宋、元以来，赐福天官的名望越来越高，渐渐地取代了过去岁星神和福神阳城，成为新一任福星。

天官下凡，身穿一品大员官服，腰系玉

唐朝道州刺史阳城，因为为官清廉，且不顾个人安危为百姓排难，被民间尊奉为"福星"。

中国传统记忆丛书

图说
老吉祥

带，手持如意，一副慈眉善目的形象。关于天官的来源，我国民间各地的说法不一：有的地方传说是周幽王的谏臣唐宏，善主吉凶，死后成神；有的地方传说是古时的美男子陈子高，他娶了三个龙女为妻，生下了天官、地官和水官；还有的地方则传说古代天子尧帝创立太平世界，死后被封为天官，因而天官的生日为正月十五。

禄星，顾名思义，就是主管功名利禄的星官。古代封建社会以科举取士，士子一旦通过科举考试，便可以做官发财。禄，即官吏的俸禄。高官厚禄是士子一心向往的，于是便产生了禄神崇拜。

禄星和福星一样，也是由一颗星辰演化而来的。它位于北斗七星的正前方，总与北斗七星相伴升起。据《史记·天官书》记载，北斗七星正前方的六颗星统称"文昌宫"，最末一颗就是主管官禄的禄星。

随着科举制度的盛行，禄星成为千千万万读书人顶礼膜拜的神灵。

到了隋唐时期，随着科举制度的兴起，禄星开始走红。科举考试使平民有机会靠读书做官改变自己的命运，然而，这条小路却太过狭窄和艰难。求之不得，自然会寻求神灵的帮助。于是，文昌宫里的那颗禄星就显得特别耀眼。

禄星，从一颗普通星辰演化为读书人顶礼膜拜的科举考试之神，又摇身一变，成为中国吉祥神灵中一位不可缺少的灿烂"明星"。

寿星，也是一个星宿，又称"老人星"或"南极老人星"。现在所见寿星老人的形象，总是一身平民的装扮，慈眉善目，和蔼可亲。但在古代，他却是地位崇高的威严星官。

据史料记载，秦朝统一天下时，就开始在都城咸阳建造寿星祠，供奉南极老人星。但供奉的理由，却与今天大不相同。那时候的人们认为，见到寿星则天下太平，见不到寿星则预示着会有战乱发生。

早期的星象著作也提到，如果老人星颜色极为暗淡，甚至完全看不见，就会发生战乱。

东汉时期，汉明帝曾主持过一次祭祀寿星的仪式。他亲自奉上贡品，宣读祭文。同时，他还安排了一次特殊的宴会，与会者是清一色的古稀老人。普天之下，只要年满70岁，无论贵族还是平民，都有资格成为汉明帝的座上客。盛宴之后，汉明帝还向在座的老人赐酒肉、谷米和一柄做工精美的手杖。

这件盛事，后来被记录在《汉书》里面。同时敬奉天上的寿星和世间的老人，是汉明帝的一大创举。

清代寿幛上的刺绣寿星，鹤发童颜，笑逐颜开，非常有亲和力。

魏晋以后，寿星的手杖发生了变化，由象征权力的王杖换成了桃木杖，其政治教化功能也逐渐减弱。据说，桃木能祛病强身，延年益寿，因此桃木手杖变成了寿星手中的长寿吉祥物。明朝时取消了自秦、汉以来沿袭的国家祭祀寿星的制度。寿星被完全去除了政治色彩，从此融入民间，成为中国民间最受欢迎的神灵之一。

后来，受道教养生观念的影响，寿星的形象也发生了改变，最突出的要数他硕大无比的脑门儿。寿星的大脑门儿与古代养生术所倡导的长寿意象紧密相关。比如丹顶鹤的头部就是高高隆起的，寿桃的形象也与此相近。这些长寿意象的融合与叠加，最终造就了寿星的大脑门儿。

旧时，民间在给老人祝寿时都

人们对长寿的追求永不停止，与寿星相关的各类作品也一直层出不穷。

会悬挂一幅寿星画像，而且常用"福如东海，寿比南山"祝愿长辈幸福长寿。

道教创造了福禄寿三星的形象，迎合了世人"三星高照"的心愿。虽然后来他们失去了高高在上的神威，却因此走进千家万户，成为民间世俗生活理想的真实写照。

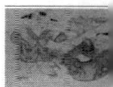

财源广进：财神

财神，顾名思义就是掌管财富的神祇。财神爷，是我国民间普遍供奉的吉神之一。每逢新年，家家户户都悬挂财神爷像，希望财神爷保佑，以求大吉大利。

人生在世，既平安又有财，自然十分完美。这种真切的祈望，成为人们的普遍心理。我国民间祭祀的财神因时因地也有所不同。财神爷，一般有武财神和文财神之分。武财神为赵公明或关公，文财神则是比干或范蠡。除此之外，还有财帛星君、五路神、利市仙官等。

中国传统记忆丛书

圖説老吉祥

44

我国民间自古就有祭祀财神的习俗，而且这一习俗至今仍比较盛行。

赵公明这个名字，现存最早的文字记载是在晋代干宝的《搜神记》里面。在故事中，他本是一个替天帝勾取人命的鬼将，到了元代，他又以瘟神的形象出现，后来逐渐转变成一个以除瘟禳灾、申冤和解的正派神祇。

在明代文人许仲琳创作的通俗小说《封神演义》中，赵公明是商朝的一员大将，协助闻太师抵抗周军的进攻，被姜子牙用厌胜之术杀死。在封神榜上，他被封为"金龙如意正一龙虎玄坛真君"之神，职责是专司金银财宝，迎祥纳福，下辖招宝天尊萧升、纳珍天尊曹宝、招财使者陈九公、利市仙官姚少司四位神仙。

从此，赵公明开始掌管天下财富，做了财神爷。赵公明司财，能使人发家致富。这正符合世人求财的愿望，所以民间开始广泛供奉赵公明，而他之前作为冥神、瘟神、鬼帅的面目，却被人们淡忘了。民间供奉的财神赵公明，大都是乌面浓须，怒目圆睁，头戴铁冠，一手执钢鞭，一手捧元宝，身下跨着黑虎的形象。

另外，自近代以来，我国民间越来越多的人把关公作为全能保护神和财神爷。关公，即关羽。据《三国演义》记载，关羽因原籍有恶豪仗势凌人，遂杀恶豪后奔走江湖。东汉献帝末年，关羽与刘备、张飞"桃园三结义"。

曾以瘟神形象示众的赵公明，后来"改邪归正"，成为掌管天下财富的武财神。

东汉献帝建安五年（200 年），曹操出兵大败刘备。刘备无奈投靠袁绍，关羽被俘。曹操看中关羽为人忠义，便用大量金银珠宝、美女来收买，但关羽丝毫不为钱财名利所动。关羽得知刘备在袁绍处，立即封金挂印，过五关斩六将去寻找刘备。

刘备自立为汉中王后，封关羽为"五虎上将"之首将。曹操得知后大怒，与司马懿设计联合孙权共取荆州。刘备拜关羽为前将军，由关羽率荆州之兵攻取樊城。结果，关羽中吕蒙之计，痛失荆州，夜走麦城，后兵败被擒，不屈而亡。

讲信用、重义气的关羽，在我国民间被尊奉为财神，应当是实至名归。

传说关羽管过兵马站，精于算术，首创"日清簿"。关羽讲信用、重义气，一般商家都奉他为保护神，同时也将其视为招财进宝的财神爷。

在所有的财神爷当中，陶朱公范蠡大概是最具有财神气质的一位。范蠡是春秋战国时期杰出的政治家、谋略家，同时也是一位生财有道的大商贾。

范蠡天资聪颖，少年时便显露出非同一般的政治主见，后来被越王勾践拜为士大夫。越国兵败于吴国，范蠡与越王一同屈事于吴王夫差。回国后，他又辅佐越王富国强兵，终于打败了吴国。

灭吴之后，越国君臣设宴庆功。群臣皆乐，唯独越王勾践面无喜色。范蠡心里清楚，越王为争国土，不惜群臣之死，而今如愿以偿，不想归功于臣下。

于是，范蠡毅然向越王提出辞官隐退。之后，他带领家属随从，乘船来到齐国，并隐名从商。因为经营得当，很快便积累下大量的财富。后来为了逃避声名之累，他散尽家财，来到陶邑。他自号"陶朱公"，很快又聚集起远胜于以前的财富，成为中国历史上最有名的一位大富豪。

中国传统记忆丛书

图说
老吉祥

46

范蠡发了财之后不是为了自己享受，而是去帮助社会上的贫苦之人，帮助那些最需要帮助的人，因此他成为商人的楷模。后人尊奉范蠡为文财神，其实就是教人们发财以后能够以他为榜样，自己富了之后，不要忘记帮助更多的人。

比干被奉为文财神则是因为他的忠义。比干是商朝的大臣，因为忠谏纣王，遭到妲己的陷害。妲己谎称圣人皆有七窍玲珑之心，要纣王将他的心剜出来观看。不料，比干被剜出的心真有七窍，但人已死去。

范蠡因其出色的商业才能和高尚的做人品德，被后世奉为财神。

比干生前正直，死后无心，故不会有偏袒成见，适合作为管理分配财富的神祇。很显然，这是把公正作为理想财神的特质。

文财神多见于民间雕塑和木版年画作品中，其形象大多是锦衣玉带，冠冕朝靴，脸色白净，面带笑容。适合新春喜庆之时，张挂在堂室内。

我国民间供奉的财神，并不仅限于以上四位正财神，人们对财帛星君和利市仙官也非常欢迎。

财帛星君，又称"增福财神"。这位财帛星君，就是银行界的始祖——元末明初的大富翁沈万三。

商朝的大臣比干，因为忠义和敢于直谏而被后世尊奉为文财神。

据说他有一个"聚宝盆"，能不断地生出金银珠宝来。朱元璋在建国之前，因为经济拮据曾找他帮过忙，最终完成了建国大业。因此，朱元璋封他为"财政部长"，掌管国家财务。沈万三仙逝后，天帝封他为"财帛星君"，手下有"招财童子"和"接引天官"两位助手。财帛星君面白发长，手捧一个宝盆，"招财进宝"四个字即由此而来。

利市仙官，名姚少司。据《封神演义》里面的描述，他是赵公明的徒弟。后来，姜子牙封他为迎祥纳福的利市仙官。"利市"，即走运、吉利的意思，又指做买卖赚得的利润。古语所说"利市三倍"，"三倍"即为厚利。

利市仙官的内涵，迎合了商家图吉利、发大财的愿望。旧时，商家在

民间传说，增福财神就是元末明初曾资助朱元璋打天下的大富翁沈万三。

新年之际，常常将其像贴于门庭，以图吉利。利市仙官的身价因此而倍增。

另外，在我国民间许多地方，还有"五路财神"的说法。所谓五路，是指东、西、南、北、中，意为出门五路，皆可得财。这可能是受到五行观念的影响，认为天地广阔，财宝当然也要分区处理。拜五路财神，也就是要收尽五方之财。

春节是我国民间最盛大的节日，在除夕之夜有一项非常重要的民俗活动——接财神。所谓财神爷，其实就是用红纸印刷的财神爷像，中间是线描的神像，两旁写着"添丁进财""祈求平安"等吉利词语。这一习俗，至今在我国部分地区仍在流行。

除了接回财神之外，祭祀财神也是必不可少的。每到春节，全国各地均有祭祀财神爷的活动，当然，祭祀的方法各种各样。

在我国北方地区，人们请回财神爷之后，要焚香上贡品。正月初二清晨，要祭拜财神爷像。清代的一首俚曲这样唱道："新正初二，大祭财神爷，点上香烛把酒斟，供上了公鸡猪头活鲤鱼，一家老幼行礼毕，鞭炮一响惊天地。"祭祀时，主人点燃香烛，众人顶礼膜拜。人人满怀发财的希望，祈愿在新的一年里大富大贵。

在我国南方地区则流传着正月初五接财神的习俗。传说正月初五是财神的诞辰，这一天财神会下凡，巡察人间的境况。因此，在正月初五这天，各商店一大早就开市迎接财神，一时间锣鼓齐鸣、

农历正月初二，我国民间许多地方都要举行祭祀财神的仪式，这一习俗沿袭至今。

中国传统记忆丛书

圖説
老吉祥

爆竹震天。

清代文人顾禄在《清嘉录》一书里详细记述了南方民间正月初五接财神的热闹景象：人们为了"抢路头"，往往在正月初四子夜，便备好香烛、糕果、祭牲等物，并鸣锣击鼓、焚香礼拜。到了正月初五零时零分，人们打开大门和窗户，燃放烟花爆竹，欢迎财神到来。

凡接财神，必须供奉羊头和鲤鱼。羊头有"吉祥"之意，鲤鱼是因为"鱼"与"余"谐音，年年有余，图个

财神推着数不清的钱财兴冲冲地走进千家万户，这是一种多么美好和朴素的愿望啊！

吉利。农历正月初五接财神的习俗，盛行于明、清时期，迄今仍在我国民间的许多地区流行。

时至今日，在全国各地，大都有祭祀财神的民俗活动。财神在人们心目中地位之高，由此可见一斑。想来，这种祭拜财神的习俗，其实是人们向往美好生活的一种具体表现。

救急扶危：妈祖

中国传统记忆丛书

妈祖，又称"天妃""天后""天上圣母"，是历代渔民、船工、海员和商客共同信奉的神祇。相传，妈祖的真名为林默，诞生于北宋建隆元年（960年）农历三月二十三日。

林默是福建莆田湄洲林愿的第六个女儿。因为降生时没有啼哭，故取名林默。她天资聪颖，读书过目不忘，且能理解含义。据史书记载，她十几岁时，便能看透病人体内病情，而且能预知别人的吉凶祸福，非常神异。

传说有一天，林默正在织布，忽然眼前浮现出她父兄在海上遇难的惨状，就掩面哭泣起来。过了一会儿，果然传来其父兄在海上遇难的噩耗。她的这种特异功能，常常为渔民预报海上天气变化，使人避过台风等自然灾害。

当地的渔民非常感激她，把她当作神女、龙女来崇拜。可惜，林默28岁就去世了，人们为了纪念她，便建造了祠庙加以供奉，祈望她保佑渔民平安，并亲切地称她为"妈祖"。

古时候在海上航行，由于没有气象预测，气候变化莫测，人类的行为便显得异常渺小。因此，祈求神灵护佑，便是很自然的事

妈祖，是中国渔民信奉已久的神灵。她所代表的向善与博爱精神，在世界华人圈内有着深远的影响。

情了。

妈祖一生在大海上奔波，救急扶危，在惊涛骇浪中拯救过许多渔舟、商船。她立志不嫁，慈悲为怀，以行善济世为己任，死后被人们奉为"海上女神"。

最初，妈祖庙只是莆田海边的杂祠。宋徽宗宣和四年（1122年），领事路允迪奉使高丽国，船行驶到黄水洋时遭遇风暴。恰好此时船上有数位从莆田雇来的水手，他们在危难之时祈祷妈祖，最终转危为安。回国后，路允迪奏请朝廷，宋徽宗便赐予"顺济"庙额。顺济庙，即当时的宁海圣墩妈祖庙。妈祖信仰，从此得到朝廷的承认。

后世为了纪念妈祖，于清朝康熙年间在其祖籍地设立的石碑。

宋高宗绍兴二十五年（1155年）封妈祖崇福夫人，这是对妈祖最早的褒封。到了清朝，历代皇帝对妈祖先后有 36 次册封，封号由 2 字累至 64 字。从"夫人""天妃""天后"到"天上圣母"，已达到无以复加的地步。

清康熙五十八年（1719年），妈祖和孔子、关帝等一同被列入清朝地方的最高祭典，地方官员必须亲自主持春秋二祭，行三跪九叩之礼。

民间传说，妈祖有两名得力的随从，即"千里眼"和"顺风耳"，能解危难于千里之外。妈祖常穿朱衣，乘祥云巡游于岛屿之间。如果海风骤起，船舶遇难，只要口诵妈祖圣号，妈祖就会前来营救。

我国东南沿海各地大都建有妈祖庙，甚至连内地江西景德镇、贵州镇远等地也建有天后宫。仅台湾省，就建有妈祖庙 500 多座。随着海上交通的发展，人们外出谋生，也将妈祖信仰带到世界各地，

我国南方沿海渔民为祭祀妈祖而印制的纸马。

朝鲜、日本、新加坡、菲律宾等地都建有天后宫。

农历三月二十三日是妈祖诞辰，凡有天后宫的地方，必有盛大的庆祝活动，特别是渔乡人家，更为隆重。人们将这一天视为一年中的重大节日，迎神出游，亲朋聚宴。有的地方虽无天后宫，但有天后像，也会进行祭奠活动。

在我国民间，关于妈祖救急扶危、福佑群生的传说和记载真是举不胜举。相传，有一艘商船在经过湄洲湾时，遭遇飓风袭击。船头不慎触礁，海水涌进船舱，情况万分危急。船上的人哀号求救，在这紧急关头，妈祖随手拔了几棵青草，抛向大海。那几棵小草顿时变成一根根巨大的杉木，朝遇险船舶漂去。商船有了这些大杉木辅助，才没有沉没。不一会儿，风平浪静。船上的人都庆幸大难不死，等到船靠岸之后，那些大杉木已经不知去向。经询问乡人，船上的人才知道，是妈祖神力相助。

明朝万历年间，高澄撰写的《使琉球录》一书中有一段生动的记载：他们所乘的船舶，在海上遭遇狂风恶浪，桅杆断了，篷也破了，舵叶也丢了。这时候，妈祖突然显灵，她站立在云端，告诉他们马上换舵。在巨浪中，舵叶重达两三千斤，平素换舵需要上百人。

我国民间有很多与妈祖有关的动人传说，这块浮雕上面所讲述的正是妈祖"解除水患"的故事。

但因为有了妈祖的庇护，众人力量倍增，数十人便完成了，最终转危为安。

传说也好，显灵也好，其实都是人们在海上遇到危急情形时求生心切而希望化险为夷的一种美好愿望。因而与其说是妈祖救难，不如说是"精神胜利法"。在一些特定的环境中，精神的力量有时是其他力量无法替代的。

妈祖信仰从产生至今，已经历了1000多年。作为民间的一种信仰，它的传播之广、影响之深，在我国民间诸神信仰中也是非常抢眼的。

今天，妈祖的崇拜者仍然人数众多。如果我们抛开其"升天""显灵"等唯心思想，从妈祖的人文层面考虑，她所弘扬的向善与博爱精神，仍值得我们每一个人学习。

旧时，我国沿海地区建有许多妈祖庙或天后宫，以庇佑地方渔民和商船海上平安。

一家之主：灶神

灶神，又称"灶王""灶王爷""灶君""东厨司命"等，是我国古代神话传说中掌管饮食之神。

过去，几乎家家灶间都供奉着灶王爷。灶神龛大都设在灶房的背面或东面，中间供上灶神像。没有灶神龛的人家，也有将灶神像直接贴在墙上的。有的神像只画灶王爷一人，有的还有一位女神像，即"灶王奶奶"。

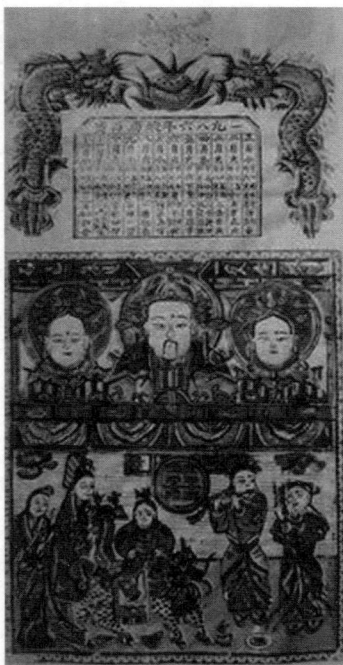

在我国民间传说的吉神当中，灶王爷是与百姓生活关系最为密切的神灵之一。

灶神像上大都印有这一年的日历，上书"东厨司命主""一家之主""人间监察神"等文字，以表明灶神的地位。两旁贴着"上天言好事，下界保平安"的对联，以保佑全家人平安。可见，人们把家中烟火常旺的愿望寄托于灶神，并将其供奉在灶间。

每年腊月二十三，我国民间很多地方都有祭灶的习俗。祭灶也称为"辞灶"或"过小年"，就是人们将在灶间站岗值班辛苦了一年的灶王爷送上天，由他向居住在天上的玉皇大帝报告所在人家一年的善与恶。

关于灶神的来历，我国民间众说不一：有人说灶神是炎帝的化身，有人说灶神名叫祝融，还有人说灶神是一位美女。而现在民间供奉的灶神，大都为一对老夫妇并坐，或是一男两女并坐，即灶王爷和灶王奶奶。

在我国民间的许多地方，关于灶王爷和灶王奶奶的来历，还流传着一个十分有趣的故事。

传说，玉皇大帝的小女儿贤惠善良，十分同情天下的穷人。后来，她偷偷爱上了一个给人烧火帮灶的穷小伙。玉帝得知后，勃然大怒，就把小女儿打下凡间，跟着"穷烧火的"受罪。

王母娘娘疼爱女儿，就为她讲情，玉帝才勉强给"穷烧火的"封了一个灶王的职位。人们称"穷烧火的"为灶王爷，玉帝的小女儿自然就成了灶王奶奶。

灶王爷和灶王奶奶深知人间百姓的疾苦，常常借回天庭的机会，带些好吃的、好喝的下来分给穷苦百姓。玉帝本来就嫌弃这个穷女婿，察觉此情之后异常恼火，从此，只准他们每年年底回天庭一次。

后来，世人为了感谢灶王爷和灶王奶奶的恩德，每到腊月二十三这一天，都要做一些好吃的，并燃放鞭炮为他们饯行。

祭灶的仪式，大多是在黄昏入夜之时举行。祭灶与过年有着密切的关系。因为，七天之后的大年三十晚上，灶神便会带着一家人应该得到的吉凶祸福与其他诸神一起来到人间。灶神是为天上的诸神引路的。其他神仙在过完年之后再度升天，只有灶神长久地留在人家的厨房内。

另外，民间还有传说认为，灶神上天专门告人间罪恶，大罪要减寿 300 天，小罪要减寿 100 天。所以，人们就用柿饼、花生、瓜子、点心等供品祭灶，让灶神吃了之后嘴巴变甜，上天只说好话，不说坏话。因此，供品中最突出的就是"糖瓜"。

时至今日，在农历腊月二十三这一天，我国农村的很多地区仍保留着祭灶的习俗。

旧时的祭灶仪式一般少不了糖瓜。因此每当进了腊月门，街市上就会有很多出售糖瓜的摊点。

糖瓜，也叫麦芽糖，因为形状像小南瓜，所以才叫糖瓜。糖瓜又酥又甜，在嘴里一嚼，就变得又软又黏，能把牙齿粘住。人们供奉糖瓜有两个意图：一是给灶神一点甜头，好让他在玉皇大帝面前多说一些甜言蜜语；二是粘住灶神的嘴，防止他在玉皇大帝面前说坏话。

过去，在祭灶的时候，除了要给灶神上香，供奉糖果美食之外，还要为灶神的坐骑撒马料，从灶台前一直撒到厨房门外。

傍晚时分，人们将灶王爷的神像揭下来连同纸钱一起焚烧，然后燃放爆竹，磕头。祭灶仪式结束后，一家人分吃这些供品。

有的地方则是晚上在院子里堆上芝麻秸和松树枝，然后再将供奉一年的灶王爷神像请出神龛，连同纸马和草料一起点火焚烧。此时，一家人围着火，一边烧一边祈告："今天是腊月二十三，灶王爷爷您上西天。少说闲言碎语，多捎粮食多捎钱，再过七天来家过年。"等到纸化为灰烬，全家的男人向灶王爷磕仨头，祭灶的仪式即告结束。

祭灶这一天，民间讲究吃饺子，取意"送行饺子迎风面"。南方地区多吃糕。山西东南部有些地区，还有吃炒玉米的习俗，当地民谚有"二十三，不吃炒，大年初一——锅倒"的说法。人们喜欢将炒玉米用麦芽糖黏结起来，吃起来酥脆香甜。

时至今日，我国农村的不少地区仍保留着祭灶这一习俗。人们现在祭祀灶神，除了表达对美好生活的向往之外，或许还有重要的一点，就是希望通过这个仪式保留心中那段古朴的记忆。

辟邪免灾：门神

门神，是我国民间最受欢迎的保护神之一，其历史之久远，流传之广泛，种类之繁多，在我国民间诸神当中是非常突出的。

我国民间的门神信仰由来已久，至少在2000多年以前，就有了贴门神的习俗。据《山海经》记载，相传在苍茫的大海之中有一座度朔山，山上有一棵大桃树，生有奇桃，肉甜味美，食之可延年益寿。山上有两个守护神：一个叫神荼，一个叫郁垒。他们专门监视那些害人的恶鬼，一旦发现便用芦苇做的绳索把鬼捆绑起来，扔到山下喂老虎。

神荼和郁垒是我国民间最早的人物门神，这是潍坊杨家埠年画上的门神。

黄帝对他们敬之以礼，在门上画神荼、郁垒的像，并挂上芦苇索。若有恶鬼出现，便会被二神抓去喂虎。后来，这种以神荼、郁垒为门神的信仰被人们传承下来。

最早的门神是用桃木雕刻而成的，如南朝梁人宗懔在《荆楚岁时记》中记述，用桃木雕刻二神像，挂在门上，左扇门上叫神荼，右扇门上叫郁垒，民间称他们为"门神"。

后来，我国民间又将唐代名将秦琼和尉迟恭作为驱除鬼魔、镇守家宅的门神。秦琼又名秦叔宝，山东历城人，武艺高强，人称"神拳太保"。尉迟恭，武功高强，有"日占三城，夜夺八寨"之勇力。他俩辅佐李世民打天下，最终建立起大唐王朝。

那么，秦琼和尉迟恭为什么会充当起民间的门神呢？对此，我国民间还流传着一个故事。

传说唐太宗李世民在南征北战期间杀人无数，即位后身体极差，晚上经常做噩梦：梦里鬼魅呼叫，在寝室内外扔砖抛瓦，夜无安宁。

一个月后，李世民实在受不了恶鬼的折磨，便召集群臣商议对策。有谋士提议，让元帅秦琼和尉迟恭二人每夜披甲持械守在宫门两旁。当夜，果然相安无事。然而久而久之，唐太宗不忍秦琼、尉迟恭日夜辛劳，便让宫中画师绘制二人怒目威发、手持鞭锏的戎装像，悬挂于宫门两旁。此后，邪祟全无。

后世沿袭此法，秦琼、尉迟恭的画像便成为在民间流传最广、影响最大的门神。而且，秦琼、尉迟恭在我国民间门神像中的样式也最多：有立式、坐式，有铠甲式、披袍式，有舞单鞭双锏式、执金瓜式，等等。

后来，还有人在秦琼、尉迟恭两位门神的左右添上了一副对联："昔为开国将，今作镇宅神。"

到了宋代，随着市

门神秦琼（右）与尉迟恭（左），此为四川绵竹年画。

民经济的繁荣和活字印刷术的广泛应用，出现了专门印售门神画的商贩。随着社会的发展和意识形态的变化，人们对于门神的要求，已不仅是辟邪免灾，还希望从他们那儿获得功名和禄等。

旧时，每逢年节的时候，很多人家为了接福迎祥，都要在大门上贴上门神画。

这种专门为祈福而用的门神，主要人物为"赐福天官"，也有"刘海戏金蟾""招财童子"等。

明、清至民国期间，我国民间的武将门神又出现了许多不同的形式，而且各地的人物也有差别，如河南人张贴的门神是三国时期的战将赵云和马超，河北人张贴的是马超、马岱兄弟俩，陕西人张贴的是孙膑和庞涓，而汉中一带张贴的则是孟良、焦赞这两条莽汉。

然而，无论门神的形式怎么变化，神荼、郁垒在民间门神中的地位是不可动摇的。甚至到清代末期，每逢春节，富贵人家仍张贴神荼、郁垒门神像。对此，古代典籍《日下旧闻考》和《清嘉录》里都有详细的记载。

现在过春节，民户的大门上已经很少见到门神了，人们大都喜欢张贴春联。但不管是门神还是春联，其代表的意义是相同的，都表达了人们对平安、幸福的向往与追求。

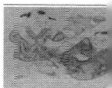

美满和谐：和合二仙

和合二仙，又称"和合二圣"，是我国民间主婚姻幸福美满之神，被称为中国的爱神。他们在寺庙供奉的不多，其形象多见于民间传统艺术作品。

在我国传统的婚礼喜庆仪式上，常常会把和合二仙的画像悬挂在洞房里，或者挂在厅堂之中。画中的和合二仙，是两个胖胖的仙童，一个穿红缎子衣裳，一个着绿缎子衣裳；一人高举一朵绽开的荷花，一人手捧一个篋盒，从盒中飞出五只蝙蝠。

在我国民间，和合二仙总是一副喜笑颜开的童子形象，却被赋予爱神的天职。

他俩手持的物品，件件都有讲究。那荷花是并蒂莲，盒子则象征"好合"，那五只蝙蝠则寓意"五福临门"。人们以此祝贺新婚夫妇白头偕老，永结同心。

其实，和合二仙本是肉胎凡身，并非仙人。他俩都是唐代的僧人，一位叫寒山，一位叫拾得。寒山是个诗僧，曾隐居在天台山寒岩，故名寒山。寒山的诗写得很美，他在国清寺当过僧厨，与寺中的拾得情同手足。

拾得是个苦命人，刚出生便被父母抛弃在荒郊。幸亏天台山的高僧丰干化缘路过此地，将他抱回寺内抚养，并起名"拾得"。拾得长大后，在国清寺受戒为僧，被派至厨房干杂活。当时，寒山还没到国清寺，但拾得经常将一些余羹剩菜送给未入寺的寒山吃，两人可谓贫贱之交。

丰干和尚见他俩如此要好，便让寒山进寺与拾得一起做国清寺的厨僧。从此后，他俩朝夕相处，更加亲密无间。寒山和拾得在佛学、文学上的造诣都很深，两人经常吟诗答对。后人曾将他们的诗稿汇编成《寒山子集》三卷。这两位高僧，于唐代贞观年间到苏州妙利普明塔院任住持，此院遂改名为闻名中外的寒山寺。

寒山与拾得，是中国水墨画作品中常见的两个人物。这是清代画家罗聘的画作。

我国民间珍视他俩情同手足、和睦友爱的情谊，自宋代起将他俩奉为"和合神"。清代时，雍正皇帝正式封寒山为"和圣"，拾得为"合圣"。从此之后，和合二仙名扬天下。

旧时，作为主婚姻幸福美满的和合二仙，也经常被人们视为配祀之神，与财神、福神等一同出现。在和合二仙的画上，还配有一首四言诗："和气乃众合，合心则事和；世人能和合，快活乐如何？"

今天，在木雕、刺绣、剪纸和木版年画等民间艺术作品当中，仍能时常见到和合二仙那憨态可掬、快乐祥和的形象。

和合二仙的寓意，已不再单纯指夫妻和睦、婚姻美满，更多的是象征人与人之间应该多一些宽容与合作的精神。

和合二仙也是民间雕刻艺人擅长表现的题材，这是一件清代的竹雕作品。

斩妖除魔：钟馗

钟馗，是中国古代传说中驱鬼诛邪之神。他的形象极为丑陋，而且总是与阴间恶鬼相伴为伍，但他在民间却一直深受大众的欢迎。节庆之时，将他的画像贴在门上，就成为镇鬼辟邪的门神；悬挂在中堂之上，则是禳灾驱魔的灵符；出现在傩祭仪式中，便成为捉鬼斩妖的猛将。

因此，我国民间派生出许多钟馗图、钟馗戏，以及关于他的一些神奇传说。关于钟馗，我国民间广泛流传着这样一个故事：相传，钟馗是唐代终南山人，生得豹头环眼，铁面虬髯，相貌奇丑，却才华横溢、满腹经纶，平素为人刚直，不惧邪祟。

这年恰逢秋季科举考试，钟馗赶赴长安应试。他作了《瀛洲侍宴》五篇，被主考官誉为"奇才"，取为贡士之首。可是在殿试时，奸相卢杞竟以貌取人，迭进谗言，不予录用。钟馗一怒之下，头撞殿柱而死，震惊朝野。于是，皇帝下诏封钟馗为"驱魔大神"，遍行天下"斩妖驱邪"，并以状元等级殡葬。

在我国民间吉神当中，钟馗走向"神坛"的时间也非常

钟馗虽然相貌丑陋，但在我国民间一直被视为吉神。

早。唐代文人卢肇在其所撰写的《唐逸史》一书里面，记载了这样一件趣事：唐开元年间，唐玄宗梦见一小鬼盗走玉笛及杨贵妃的香囊等物。唐玄宗大怒，正要派武士捉鬼，忽见一大鬼冲进殿来。此鬼蓬发虬髯，面目可怖，身穿蓝袍，袒露一臂。他一伸手便抓住了那个小鬼，剜出眼珠一口吞了下去。唐玄宗大惊，忙问他是谁，那鬼自称为终南山落第进士钟馗。

卢肇是唐武宗会昌三年（843年）进士，距开元时代已经有 100 多年，所叙未必属实。但皇帝赐给大臣钟馗画像作为新年礼物，的确是盛唐以来的惯例。

在《全唐诗》里面，有一首《谢赐钟馗及历日表》的诗。它的作者是唐玄宗时期的一位宰相，名叫张

据史料记载，年节时悬挂钟馗像的习俗始于唐代，这是杨柳青年画作品里的钟馗形象。

说。作者在诗中感谢皇帝赐给他钟馗画像和历日表。后来的大诗人刘禹锡也曾写过类似的诗篇。由此可见，张挂钟馗像在唐代已经成为上层社会流行的年俗。

目前，我们所能见到的年代最早的钟馗画像，是五代时期人物画家石恪的作品。但根据《唐逸史》记载，吴道子才是我国历史上第一位擅长钟馗画的大师。北宋鉴赏家郭若虚在其撰写的《图画见闻志》一书中，曾详尽描述了吴道子的钟馗像真迹。根据郭若虚的描述，钟馗的确是一个面目丑陋、出身贫寒的读书人形象。

当然，民间的传说毕竟多了一些人为附会的成分。关于钟馗，古代的部分学者认为，历史上并无其人，而是由"终葵"演变而来的。明代学者杨慎和清代学者顾炎武、赵翼等人，都赞同这一观点。

终葵，是上古时候的一种利器，也称椎，其形状就像是一根大棒。西汉时期的画像砖上有不少关于傩祭仪式的描绘，一些威猛的

勇士挥舞着大棒打鬼。在西汉帛书《五十二病方》里面，也有用铁椎击鬼治病的法术。

于是，我们或许可以这样推断：在很久以前，巫师经常使用终葵打鬼驱邪，久而久之，人们大都认为终葵有神奇的法力，进而认为"终葵"这个名字也寓意吉祥。譬如，在南北朝时期，就有很多人取名"钟葵"或"钟馗"。这是父母们希望自己的孩子能够像刺鬼的利器终葵那样，令所有的鬼魅望而生畏，从而能够健康地成长。就这样，钟馗一步步地走上神坛，成为人们敬重的神。由此看来，杨慎、顾炎武等学者对钟馗起源的解释是有一定道理的。

因为钟馗能够镇宅，我国民间的很多地方都将钟馗奉为门神。这是河南朱仙镇的门神画。

不过，老百姓更喜欢以自己喜欢的色彩来描绘心目中的吉祥神。千百年来，钟馗的形象已经深入人心。其实，他身上承载更多的是世人对平安吉祥生活的向往与追求。因此，钟馗也成为我国民俗中的一部分，代代相传。

端午节或春节时，人们在家里悬挂钟馗像，可以斩五毒，祛百病，赐福镇宅。除此之外，人们还要"跳钟馗"。据说这样的民俗活动，在晋代就已经出现了。

自明、清以来，随着钟馗画祈求赐福成分的增加，钟馗的形

在明宪宗朱见深所作的《岁朝佳兆图》中，钟馗手捧如意，为人们送去吉祥。

钟馗嫁妹的故事在我国民间流传已久。泥人张的这件作品异常生动传神。

象也发生了很大的改变。他不再像从前那样蓬头垢面，衣衫破旧，而是变得衣着鲜亮，姿态威勇。如明宪宗所作的《岁朝佳兆图》，钟馗捧着如意，带领小鬼匆匆赶路。小鬼手中的托盘里盛有柏叶和柿子，空中飞有蝙蝠，寓意"百事如意""福自天来"。

在民间木版年画艺人手中，钟馗变得更加可爱。在苏州桃花坞木版年画中，还有风度潇洒的骑驴钟馗：他手持牙笏目视前方，空中飞舞着蝙蝠和吊系的蜘蛛（喜虫），象征"福自天来""喜从天降"，洋溢着喜庆的色彩。

北京的年画艺人更是别出心裁，他们去除了钟馗手中的武器，增添了一枚超大的铜钱，谓之"托钱判"。后来，又有人把钟馗怀里的铜钱去掉，换成一个胖娃娃，寓意"盼子得子"。

就这样，钟馗由最初的"驱邪魔、斩恶鬼"，到后来的"祈福得福、盼子得子"，人们所追求的美好一应俱全，钟馗也最终成为我国民间诸神中的"明星"。

福佑一方：土地神

土地神，又称"土地公"或"土地爷"。在道教神系中，土地神的地位较低。但在民间信仰中却极为普遍，是地方保护神，流行于全国各地。旧时，但凡有人居住的地方，就会祀奉土地神。

土地神源于古代的"社神"，是管理一小块地面的神。但以前的社神，可不像土地神一样官微言轻，而是地位显赫，在神界是数一数二的大神。社神，则源于远古时期人们对土地的崇拜。土地为人类提供了活动的场所，土地上生长的万物为人类提供了丰富的食物，故而人类感激土地、崇拜土地。对社神的祭祀，早在《诗经》里面就已经有记载。

最早的土地神并无神像，甚至有些地方以石块代替，后来才逐渐将其人格化。常见土地神的塑像或画像中，大都是一位银发白须、笑容可掬的老人。他的衣着打扮，很像古代的员外，帽檐处有两条布须垂到肩头。有些土地神的神像旁边，还会有一只老虎。据说，这只老虎也能为民除害。

过去，一般的土地庙中除了供奉土地神外，还供奉其配偶，即"土地奶奶"，与土地神共享香火。

土地神的形象在我国民间被塑造成一位须发皆白的老翁，因此人们也称其为"土地爷爷"。

在一般的民间信仰中，神灵大都有明确的出身，但关于土地神的来源，各地却有不同的传说。

土地神在众神之中虽然是一位末等的"芝麻官"，可是因为他与百姓生活关系密切，所以"家族"极为庞大。旧时，几乎到处都可以觅到石砌的、木建的小小的土地庙，甚至用三块石板为壁，一块石板为顶，即可成为土地庙。

在山东民间皮影戏里面，土地神的形象非常慈厚可爱。

明代时，土地庙特别多，据说与明朝皇帝朱元璋有关。据明代学者撰写的《琅琊漫抄》一书记载，朱元璋出生在盱眙县灵迹乡的土地庙内。小小的土地庙因此在当时备受推崇。

土地神官不大，但是管的事情却不少，凡是辖区内的婚丧嫁娶、天灾人祸等都要过问。旧时有些地方，孩子出生后，第一件事情就是提着酒菜到土地庙"报户口"；如果有人过世，第一件事情也是到土地庙"报丧"。

对于土地神的信仰，在民间有着深厚的基础。因此，很多地方每年都要进行春秋两祭。

春祭是在每年的农历二月初二进行。民间传说，这一天是土地神的生日。人们以酒肉、香蜡、纸马之类的供品来祭拜土地神，祈求全年风调雨顺、五谷丰登、六畜兴旺。秋祭，大多数地方选择在农历八月十五举行。春祭是为了祈祷，秋祭则是为了答谢。在举行春秋

陕西兴平年画里的土地神，也是一位和蔼可亲的老者。

大祭时，往往还要各家各户筹资，在庙前或场院上搭起戏台，请戏班子来唱大戏。

祭拜土地神的供品，根据各家的情况，不尽相同。不过，人们祭拜的心愿是一致的。而土地神给每家带来的"造化"，则要看各家的运气了。当然，最重要的，其实还是靠自己的辛勤劳动和聪明才智。

金榜题名：魁星

魁星，又称"奎星"，是北斗七星中成斗形的四颗星，为古代天文学中"二十八星宿"之一。在东汉纬书《孝经援神契》中，有"奎主文章"之说。于是，后世便附会"魁星"为主管文运的神，遂对其加以崇拜。

隋唐以来，科举制度盛行，所以读书人中供奉魁星以求科举顺利的风气很盛。在过去，几乎每个城镇都有魁星楼、魁星阁，其正殿都有魁星的塑像。

魁星面目狰狞，金身青面，赤发环眼，头上还有两只角，整个看上去倒像是魔鬼的样子。魁星右手握一支大毛笔，称"朱笔"，意为用笔点中士人的姓名；左手持一个墨斗；右脚踩在一条大鳌（大龟）的头部，意为"独占鳌头"；左脚呈后踢的样子，以求造型呼应"魁"字右下一笔竖弯钩，脚上是北斗七星。

唐、宋时期，在皇宫正殿的台阶正中石板上，都雕有龙和鳌的图像。如学子考中进士，就要进入皇宫，站在正殿下恭迎皇榜。按规定，考中头一名进士的，即状元，才有资格站在鳌头上，故有"魁星点斗，独占鳌头"之说。

旧时，很多地方都建有魁星阁，里面有魁星塑像，供当地的读书人祭拜。

魁星虽然长得面目狰狞，却被古人奉为掌管天下文运的大神。

明代科举采取"五经取士"的方式。所谓"五经"，就是《诗》《书》《礼》《易》和《春秋》，皆为儒家崇奉的经书。每经考取的第一名称为"经魁"。"魁"，即有"首""第一"之意。

在乡试中，每科的前五名必须是其中一经的"经魁"，故又称"五经魁"或"五经魁首"。此外，科举考试中，进士第一名称"状元"，也称作"魁甲"；乡试中，举人第一名称"解元"，也称作"魁解"，均有"第一"的含意。

明代文人陆深撰写的《俨山外集》里，曾记载了士生们在座位右侧张贴魁星图的情景，以及考场出售魁星像的热闹场面。这些皆表明士生们都希望能够"魁星点斗，金榜题名"。

农历七月初七为我国传统的七夕节，也是魁星的生日。这一天，读书人都要祭拜魁星，预祝在未来的考试中能拔得头筹。

祭拜魁星的仪式是在夜间举行的。祭拜之前，要先糊一个纸人魁星置于案上。纸人高二尺许，宽五六寸，蓝面环眼，锦袍皂靴，左手斜挎飘胸红髯，右手持朱笔。

在诸多祭品当中，公羊头是必不可缺的，而且必须留须带角。将羊头煮熟之后，角上拴上红绸，摆在魁星像前，另外要摆放芹菜、

金榜题名，是每一个寒窗苦读学子的梦想。

水果、葱、蜡烛一对、长寿香三支、文昌衣宝一份、纸锭寿金等。祭拜完毕，将魁星像与纸锭寿金一起焚烧。

每一种文化的流传，都有其成长的客观条件。正是因为古代读书人对魁星的无限崇拜，使得"魁星点斗"的吉祥图案在民间艺术作品当中广泛传播。尤其是文房类用品的装饰，此类题材甚为流行。

"魁星点斗"这一吉祥图案，表达了古代文人期待金榜题名，做出一番作为的理想。

这是清末上海年画里的魁星形象。

喜牵良缘：月下老人

中国传统记忆丛书

月下老人，又称"月老"，是我国民间神话传说中的人物，主管人间婚嫁之事。古人认为，人的姻缘是命中注定的，月老手中的红线能够将有情人联在一起。因此，民间便有了"千里姻缘一线牵"的说法。

关于这种说法，我国民间还流传着一个有趣的故事。

相传，唐代有一位名叫韦固的年轻人。有一次，他外出郊游，当晚在城南的一家旅店住宿。皓月当空，韦固便到后花园散步。忽然，他发现一位白胡子老人背着锦囊，正坐在月下看书。韦固赶忙上前施礼，问道："老伯，您在读什么书呢？"

龙凤呈祥的好姻缘，是每个情窦初开的青年男女所期冀的。

老人微笑着告诉他在看《婚牍》。韦固心想，《婚牍》一定是记载人间姻缘的书，又见那锦囊胀鼓且发着红光，便问其中装着什么。老人仍微笑着告诉他，里面装着红绳子。韦固好奇地问："红绳子有何用途呢？"

老人从囊中掏出一根红绳，当空一晃，只见一道红光在韦固的脚下绕了一圈，然后朝北而去。老人告诉韦固，此绳是专系夫妻姻缘的。不论贫贱富贵，只要此绳一系，就会终生相守，不能违抗。

韦固见自己的婚事已定，赶紧问自己婚配何人。老人告诉他说："店北卖菜老妪之女也。"说完之后，老人一闪身就不见了。

第二天一早，韦固盥洗打扮一番，找到那位卖菜的老妪，并见到了她的女儿——一个蓬头垢面、面黄肌瘦的四五岁女孩。韦固异常恼怒，便挥起剑鞘吓唬那女孩，不想却失手打在女孩的眉骨上，鲜血直流。老妪高声呼救，韦固狼狈而逃。

十几年后，韦固成为一名武将，娶了相州刺史王泰之女香娘为妻。洞房之夜，韦固揭开香娘的红盖头，见妻子美貌非凡，眉心处贴着一朵红纸剪的小花。香娘揭下那朵小纸花，眉心处却露出一道小小的伤疤。韦固问她缘故。听完香娘的诉说之后，他才知道，香娘就是当年卖菜老妪的女儿。随后，夫妻二人对着清风明月，遥拜月下老人拴系红绳之恩。夫妻二人举案齐眉，相敬如宾，白头偕老。

从此以后，人们便用"月下老人""月下老"或"月老"等指代主管婚姻的神。后来，这些名称也成为媒人的代称。人们还以"赤绳系足""赤绳系定""系赤绳"等指代婚姻。

后来，拴红绳成为一种婚礼仪式，唐代时就已经有了记载。到了宋代，逐渐演化为"牵红巾"，宋代文人吴自牧在《梦粱录》中便有详

手持"鸳鸯谱"的月老，不知用红线牵定了多少世间情缘。

旧时，我国民间的很多地方都建有月老庙。许许多多青年男女为了获得好姻缘，纷纷前去上香，祭拜月老。

细的记载。到了清代，又变成在婚礼中扯起红帛或红布，新郎、新娘各持一端，相牵步入洞房。

这种拴红绳、牵红巾或红布的婚姻习俗，在我国民间的一些地区至今还能够见到。就这样，月老成为我国民间一位家喻户晓的神灵。

在青年男女的心目中，月老是寄托美好愿望的"幸福之神"。因此在过去，我国民间不少地方都建有月老祠。慕偶的男子、怀春的少女，纷纷前去烧香、抽签、许愿，求其佑护，以期获得幸福美满的婚姻。

第三辑　吉祥植物篇

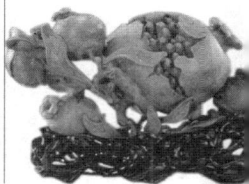

贺寿佳果：桃

桃原产于我国，遍布大江南北，尤以华北、华东和西北最多。在我国上古时期，桃木更被先人们视为神木。元代文人李志常在《长春真人西游记》中记载，13世纪的中亚人曾以"桃花石"作为中国人的代称。

在中国人的心目中，桃并非简单的果木。经过上古图腾文化的哺育，以及各个时代文化的不断浇灌，桃沉淀出了深厚的文化内涵。

桃，在我国春秋时期就很受人们重视，被视为"百果之冠"。据《晏子春秋》记载，春秋时期，齐景公身边有三个勇士，他们居功自傲，不服从军令。齐相晏子暗中劝齐景公除掉他们。于是，他设计让齐景公送去两个桃子，要他们论功取桃。三个人互不相让，结果都弃桃自杀。国君用两个桃子作为奖品，使三个勇士为桃而死，由此可以看出，春秋时期，桃子已被人们视为果中佳品。

桃在古代被视为美好的象征，进而又逐渐被当作镇邪驱恶的神物。先秦时期，人们已经开始把桃枝挂在门口避灾。这种习俗在汉代以后又有进一步的发展，逐渐演变成在门前悬挂桃符，以阻止邪魔鬼怪进入住宅，从而导致了春联的产生。

桃很早就是颇受人们喜爱的一种水果，对它的精心种植和改

此艺术品为童子献寿。两个活泼可爱的仙童抬着一个硕大的寿桃，寓意吉祥长寿。

在我国民间雕塑作品当中，桃子的主题总是充满吉祥与喜庆。

良，自然是人们热衷的事情，它的品种也随之不断增多。

汉代时，桃的品种已经有不少。据有关文献记载，汉代初修上林苑时，四方群臣纷纷贡献名果异树，仅桃树的品种，就有秦桃、紫文桃、金城桃、绮叶桃、霜桃等。

随着桃树品种的增多，民间关于桃子的传说也越来越多，渐渐地，桃成为吉祥福寿的象征。传说，主宰人间寿算的南极仙翁，手上总是托着一个硕大的寿桃。

在过去民宅门口的门墩上，以及年画和绣品中，经常会见到"白猿偷桃"的图案。关于其来历，还有一个感人的故事。

传说在云蒙山中，白猿之母因患病想吃桃子。白猿十分孝敬母亲，便偷偷去孙膑桃园偷桃，不料被孙膑捉住。它苦苦哀求孙膑。孙膑被白猿的一片孝心感动，便放走了它。白猿之母吃了仙桃之后痊愈，就让白猿将一部兵书赠送给孙膑。

从此，"白猿偷桃"图案就成为祝愿老人寿长万年的象征。这个传说，至今仍在我国民间广为流传。于是，桃又有了"仙桃""寿桃"的美称。

每逢给老年人祝寿，人们都喜欢送寿桃，祝老人健康长寿。这个送寿桃祝寿的习俗，据传是由孙膑开创的。

相传孙膑18岁时离开家乡，到千里之外的云蒙山拜鬼谷子为师学习兵法。这一去，就是12年。那年的五月初五，孙膑猛然

年画《白猿偷桃》，是对老人健康长寿的美好祝愿。

想起今天是老母 80 岁生日。于是，他向师父提出回家探望母亲。

孙膑临走时，师父摘了一个桃子送给他，说："你在外学艺未能报效母恩。为师送你一个桃子，带回去给令堂上寿吧。"

将寿桃形的花馍磕子轻轻一磕，便是一份美好的祝福。

孙膑回到家里，从怀里捧出师父送的桃给母亲。没想到，母亲还没有吃完桃子，容颜就变得年轻了许多，全家人都非常高兴。

人们听说这件事之后，也想让自己的父母健康长寿。因此，在父母过生日的时候，子女们纷纷送鲜桃祝寿。然而，桃的生长受到环境和季节的影响，不是每个人的生日都在桃子成熟的季节。于是，有人就用面粉、糯米粉等做成寿桃，向长者送上美好的祝福。这一习俗，至今仍在我国民间广泛流传。同时，也有了许多吉祥习俗，比如画桃要画双不能画单，画的桃越多越象征长寿等。由此也折射出人民群众热爱生活、追求长寿的美好愿望。

桃文化与其他吉祥文化一样，虽历经千载，却依然生机勃勃，并以其艳丽的姿态，默默地装扮着中华大地。

桃子与长寿文化，已经成为中国民间吉祥文化的一个永恒主题。

多子多福：石榴

石榴，在我国已有两千多年的栽培历史。石榴全身是宝，其叶、花、果实、根皮皆可入药。石榴花有乌发的功能，但更多的是用石榴花止血。民间还常用石榴叶治疗跌打损伤，以叶捣敷受伤处。石榴的果实，红如玛瑙，白若水晶，其味或清甜可口，或酸爽怡人。

人们一直把石榴视为吉祥之果，创作了许多与其相关的作品。这是清末木雕作品"榴开百子"。

我国现有石榴品种 160 多个，其中著名的有山东枣庄的软籽石榴、陕西临潼的白石榴、四川的青皮石榴、安徽淮北的糖石榴、广西的胭脂红石榴等。

据史料记载，我国第一棵石榴树，是汉武帝时期张骞出使西域带回来的种子栽培的。公元前 119 年，张骞出使西域，来到了安石国。当时，安石国正值大旱，赤地千里，庄稼枯黄，连王宫花园里的石榴树都奄奄一息。

张骞便把兴修水利的经验传授给

西汉著名外交家张骞出使西域，将石榴引种到中原。

他们，救活了庄稼，也救活了那些石榴树。那一年，石榴树的果子结得特别多。张骞回国的时候，安石国国王送给他很多金银珠宝，但他什么都没有要，只收下了一些石榴种子，作为纪念带了回来。

石榴传入中原之后，因其花果美丽，容易栽培，深受人们喜爱。后来，它被列入农历五月的"月花"，故而农历五月也称为"榴月"。

佛手、桃子和石榴组合在一起，谓之"三多"，即福多、寿多、子孙多。这是古代艺术作品中常见的一个题材。

人们还送给石榴很多好听的名字，如沃丹、丹若、金罂等。历代名家吟咏石榴的诗词非常多，如唐代诗人杜牧在《山石榴》一诗中写道："一朵佳人玉钗上，只疑烧却翠云鬟。"被认为是赞美石榴花的神来之笔。

宋代田园诗人杨万里对石榴是这样描述的："半含笑里清冰齿，忽绽吟边古锦囊。雾穀作房珠作骨，水精为醴玉为浆。"通过这些诗句，能够看出诗人对石榴的钟爱之情。

石榴花火红可爱，果实甘甜可口，被人们誉为繁荣昌盛、和睦团结、吉庆团圆的佳兆。石榴籽粒丰满，在民间象征多子和丰产。因此，我国民间形成了许多与石榴有关的民俗和独具特色的石榴文化。

在我国民间艺术作品当中，以石榴为图案的非常多。人们常用连着枝

高密扑灰年画《榴开百子》的表达比较直接，妇女抱子，子抱石榴，这也反映出劳动人民朴实的生活观念。

叶，切开一角，露出累累果实的石榴图案，象征多子多孙，即"榴开百子"。

"榴开百子"还有一种图案：一群婴孩聚在一棵石榴树旁，或围绕着一枚硕大开裂的石榴快乐地嬉戏。此类图案，是过去新婚时窗花、帐幔、枕头等新房装饰中必有的。

中华民族的生命意识和审美情趣，凝聚为一枚枚丰硕的石榴。每一枚石榴，都蕴藏着人们的美好愿望，诉说着一个个动人的故事。

福禄万代：葫芦

葫芦，是中华民族最原始的吉祥物之一。古时候，人们常把葫芦挂在门口，用来避邪、招宝。葫芦，寓意着"创世""赐予"，是吉祥的象征，是驱除妖魔、避邪镇宅的宝物。

葫芦，又名"匏瓜""瓠瓜""蒲芦"等，我国南方地区还有称其为"夜开花"的。它们异名同类，只不过在外形上稍有不同罢了。

美丽的彩绘葫芦，充满吉祥与喜庆的色彩。

因为崇拜葫芦，所以妇女们在端午节之前会缝制一些葫芦形的香包，佩戴在身上用于辟邪。

我国种植葫芦的历史非常悠久，早在距今约 7000 年前的浙江余姚河姆渡文化遗址中，就曾发现过小葫芦的种子。由此可见，葫芦曾与先民的生活有着紧密的联系。在中国最早的诗歌总集《诗经》里面就有"七月食瓜，八月断壶"的诗句，也就是说，当时的人们在七月摘下嫩葫芦吃，到了八月则摘下老葫芦做容器。

葫芦，不但在古代人民的物质生活中占有重要的地位，而且与文学、

在民间传说故事里面，乐善好施、行侠仗义的济公总是随身带着一个宝葫芦。

艺术、宗教、民俗及政治也有着十分密切的关系。

葫芦逐步由"自然瓜果"转变为"人文瓜果"，从而形成了源远流长的葫芦文化，成为中华民俗文化中一个重要的组成部分。

在古代的婚姻习俗中，新郎、新娘在新婚之夜要共饮"合卺酒"，类似于现在婚姻习俗中的喝"黄昏酒"。合卺，就是把一只葫芦剖作一对瓢，以线相连，新婚夫妻各持一只饮酒合婚。

葫芦不但是民俗中使用的吉器，而且随着道教和佛教的先后兴起，葫芦也被纳入宗教体系，成为一种"灵物"。

从此以后，葫芦便常常与神仙、英雄相伴，被认为是给人类带来福禄、驱魔辟邪的法器。乐善好施、行侠仗义的济公活佛，葫芦里总是盛着喝不完的酒；八仙之一铁拐李腰挂葫芦，遇见百姓为病所苦，即倒药救人；南极仙翁跨神鹿，持杖携葫芦，里面盛的也是济世神丹……

过去，有的药铺门前也挂一葫芦。后来人们称卖药和行医的为"悬壶"，"悬壶济世"则用于颂誉医者救人于病痛。

在民间，因为葫芦与"福禄"谐音，故葫芦为福运的象征。其茎称为蔓，与"万"谐音，"蔓带"即"万代"之意。每个成熟的葫芦里面葫芦籽众多，人们又用它来象征子孙万代、多子多福。因而，葫芦被认为是融福、禄、寿为一体的吉祥之物。

古代的吉祥图案中有不少关于葫芦的题材，如"子孙万代""万代盘长"等。有些民居在屋梁下悬挂葫芦，并称其为"顶梁"。据说在家中悬挂"顶梁"之后，全家会平安顺和。还有些人家将五个葫芦用红绳串绑在一起，称为"五福临门"。

吉祥的葫芦文化，对我国少数民族的影响也十分广泛。云南的

葫芦多籽，寓意子孙万代。这幅《葫芦万代》年画，是清末杨柳青年画艺人的作品。

苦聪人，除了把葫芦当作祖先崇拜之外，还把葫芦籽当作护身符，缝在小孩的衣领上，保佑孩子健康平安。

贵州台江、剑河一带的苗人，曾一度把葫芦作为祈福求子的灵物。

我国西南少数民族拉祜族的姑娘和少妇，喜欢在衣服的领口、袖口、裙边上绣上葫芦花纹以示吉祥。葫芦花洁白无瑕，还象征着纯洁的爱情。

这些有趣的习俗，也生动地反映出人们对葫芦的喜爱之情。

千百年来，葫芦作为一种吉祥物和观赏品，一直受到人们的喜爱。吉祥的葫芦，满足了人们对美好生活的向往。中国葫芦文化，已成为中华吉祥文化的一个重要组成部分。

过去，我国南方一些地区，在端午节这天有剪葫芦、贴葫芦的习俗，以求平安吉祥。

福寿连连：佛手

佛手，又名"佛手柑""五指橘"，为芸香科常绿小乔木，主要产于我国的福建、广东、四川、浙江等省份。其中，浙江金华出产的佛手最为著名，被誉为"果中之仙品，世上之奇卉"。

佛手是一种非常招人喜欢的果品，在我国民俗文化中有着深远的影响。其一，它造型生动，千姿百态，人见人爱；其二，气味香浓，数月不竭，供于居室，满室生香；其三，它具有良好的药用和保健作用，给人们带来健康。

关于佛手的来历，在我国南方地区曾流传着一个精彩的故事。

很久以前，在金华山下，有个名叫望山的年轻人，他与年迈的母亲相依为命。母亲体弱多病，自觉胸腹胀闷难受。望山为了给母亲治病，四处求医抓药，但母亲的病情却丝毫没有减轻。

一天夜里，望山梦见一位美丽的仙女，赐给他一只犹如仙女手掌一样的果子，母亲一闻到那只果子的香味，病就好了。他醒来之后发现是一场梦，而母亲的病情依旧。

望山发誓要找到梦中的果子。他翻山越岭，也不知道在山里寻找了多少天，一直没有找到那种果子。一天，望山坐在一块大石头上休息时，突然发现一只美丽的仙鹤朝他飞来，在他面前一边飞舞一边歌唱："金华山顶有金

佛手因外形独特受到人们喜爱。这是一件清代的牙雕佛手。

果，金果能治母亲病。明晚子时山门口，大好时机莫错过。"

第二天午夜，望山攀上了金华山顶，只见金花遍地，金果满枝。此时，一位美丽的女子飘然而来。望山定睛一看，正是梦中所见的仙女。仙女说道："你的孝心可嘉！送你天橘一只，可治好你母亲的病。"

望山感激不尽，并恳求仙女再赐给他一株天橘苗，以便母亲能够天天闻到天橘之香，永除病痛。仙女听了之后，便满足了他的要求。

望山回家之后，拿出天橘给母亲吃，母亲胸痛胀闷的症状很快就消失了。那株天橘苗，经过望山的精心照料，很快就长大了，并培植出了许多幼苗。人们竞相栽种。乡亲们认为，这位仙女就是观音菩萨，而天橘的外形就像观音的玉手，因此就称之为"佛手"。

佛手谐音"福寿"，这件瓷塑童子抬寿果花插有吉祥长寿的美好寓意。

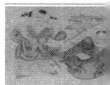

当然，这只是关于佛手来源的众多传说中的一个罢了，不能作为实据。但通过这样的故事，我们能够深切感受到人们对佛手的喜爱之情。

佛手，由形到名，给人们拓展了一个较大的想象空间，并蒙上了一层神秘的宗教色彩。更为重要的是，佛手融入民俗文化当中，给人们的生活带来更多的情趣。

佛手是我国民间传统吉祥图案"三多"图的主角之一。

佛手与"福寿"谐音，于是，佛手跟桃、石榴等一样，也具有特定的文化内涵。因此，在民间工艺品当中，佛手、桃、石榴三者配伍最多。佛手象征"福"，桃象征"寿"，石榴象征

"多子"。此类题材，表达的是"福寿双全，子孙满堂"的吉祥寓意。

我们现在所能见到的一些古代民居雕饰，以及古旧家具的图纹装饰上面，佛手也是常见的题材之一。其象征的，也都是"福寿"这一文化意蕴。

傲雪凌寒：梅花

梅花，又名"春梅""红梅"，居"四君子"之首。梅树的寿命很长，一般可活四五百年，甚至千年以上。梅花浓而不艳、冷而不淡，那疏影横斜的风韵和清雅宜人的幽香，是其他花卉所不能比的。

别的花大都在春天开放，而梅花却不一样，愈是寒冷，愈是风欺雪压，花就开得越精神、越秀气。因此，梅花成为坚忍不拔、百折不挠、自强不息等精神品质的象征。在我国民间，它也是传春报喜的吉祥象征。

我国种植梅花已有3000多年的历史，在《诗经》里面就有"摽有梅，其实七兮"的记载。春秋战国时期，爱梅之风已经很盛，人们已经从最初以采梅果为主而转为赏花。

据西汉末年扬雄所作的《蜀都赋》记载，当时，梅花已经作为园林树木用于城市绿化了。到了南北朝时期，赏梅之风更盛，关于梅花的诗文、轶事越来越多。

据《金陵志》记载，宋武帝刘裕的女儿寿阳公主有一天正站在汉章殿檐下赏花，恰有一朵梅花落在她的额头上，拂之不去，看上去异常美艳。后来，宫中人纷纷仿效，并称之为"梅花妆"。

傲雪凌寒的梅花，被誉为传春报喜的"使者"。

梅花的五个花瓣，在民俗文化中象征着"福、禄、寿、喜、财"。这幅《梅花开五福》，是杨家埠年画艺人的作品。

即使在现在看来，"梅花妆"仍是非常时尚和前卫的。

相传，隋代的赵师雄游罗浮山时，一天夜里梦见与一位装束朴素的女子饮酒。这位女子芳香袭人，另有一位绿衣童子在一旁边歌边舞。赵师雄从梦中醒来，发现自己睡在一棵大梅花树下，树上的翠鸟在欢唱。

原来梦中的女子就是梅树，绿衣童子就是翠鸟。此时，月亮已经落下，东方晨曦微露。赵师雄仰望着那棵梅树，惆怅不已。这个美丽动人的故事，说明时人对梅喜爱之深。

宋、元时期是我国艺梅的兴盛时期。当时，除了梅花诗词及梅文外，梅画、梅书也纷纷问世。同时，艺梅技艺大有提高，花色品种也显著增多。宋代的梅诗特别多，如北宋的苏轼、秦观、王安石，南宋的陆游、陈亮等，都有很多关于梅花题材的诗作传世。

宋代著名画家宋伯仁非常喜爱梅花，为了画梅，他种植了许多梅树。每当梅花开放时，他从早到晚都待在梅园里，细心观察每一棵梅树。他将梅花的低昂、俯仰、卷舒、分合，从萌芽到花开、从盛放到枯萎的各种形态都描绘下来，整理成100幅图稿，定名《梅花谱》。后人为了赞誉他在梅花绘画艺术上的成就，

古代的文人墨客对梅花大都怀有特殊的情感，唐代大诗人孟浩然更是爱梅成痴。

称他的百梅图为《梅花喜神谱》。

南宋诗人范成大也是一位赏梅、咏梅、艺梅的名家。他在苏州石湖辟范村搜集梅花品种12个，并于1186年创作完成了世界上第一部梅花专著《梅谱》。

元代有个爱梅、咏梅、画梅成癖的王冕。

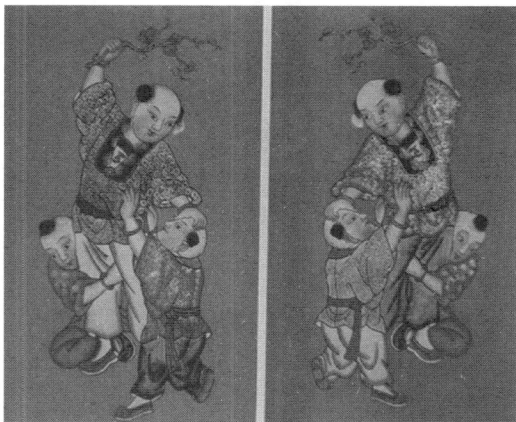
我国北方地区的年画艺人还创作出手持梅花的童子门神，有迎春纳福的寓意。

他隐居在九里山，种植梅树上千株，还将自己的居室题名为"梅花屋"。他工画墨梅，枝繁花密，行笔刚健，有时用胭脂作无骨梅，别具一格。

明、清时期，艺梅的规模与水平都大有发展，品种也不断增多。据明代王象晋的《群芳谱》记载，当时的梅花品种已经有19个，并分为红梅、白梅、异品三大类。明代的咏梅之风有增无减，如杨慎、焦宏、唐寅等名家，都有梅花诗传世。

到了清代，据陈溟子的《花镜》记载，梅花品种已经达到21个，而其中的"照水梅""台阁梅"均为前所未有的新品种。当时，咏梅的书、文、画竞相问世。"扬州八怪"中咏梅、画梅的名家，如金农、李方膺，都名扬天下。

几千年来，我国民间赏梅、咏梅、画梅之风仍长盛不衰。古人认为，梅具有四德：初生蕊为"元"，开花为"亨"，结子为"利"，成熟为"贞"。后人还有另一种说法，认为梅花五瓣是"五福"的象征，即

图为"喜鹊登梅"，民间则将其称为"喜上眉梢"或"喜上楣梢"。

"福、禄、寿、喜、财"。这些都是梅花的象征意义,而"梅先天下春"应当是梅花最可贵之处。

梅花吉祥寓意的表现方法有很多种:其一,如梅花与竹叶组合,则寓意"青梅竹马";其二,梅花与苍松、青竹搭配在一起,寓意经得起风噬雪虐的"岁寒三友";其三,梅花上加上"冰纹",寓意"冰清玉洁";其四,梅枝上栖着喜鹊,寓意"喜上梅(楣)梢",即有喜事临门。

梅的铮铮铁骨和浩然正气,以及傲雪凌寒、独步早春的精神,正呈现出我们"龙的传人"的精神面貌。因此,梅的精神,被世人誉为中华民族之魂。

清雅高洁：兰花

兰花，叶态优美，花姿娇媚，香馥幽异，是我国名贵花卉之一。兰花，原生于深山幽谷之中，从来不会因为无人垂爱而失意，也不会因为清寒而畏缩。它以高洁、清雅的气质，被人们誉为"花中君子"。

兰花大部分品种原产于我国，因此兰花又称"中国兰"。我国的兰花主要分为春兰、蕙兰、建兰、寒兰和墨兰五大类，有上千个品种。

我国培植与观赏兰花的历史非常悠久。早在春秋时期，儒家文化始祖孔子就曾发出这样的感慨："芝兰生于幽谷，不以无人而不芳；君子修道立德，不为穷困而改节。"他还称兰花的芳香为"王者之香"。

古人最初种植兰花，是以采集野生兰花为主，人工培植兰花则是从宫廷种植开始的。魏晋以后，兰花栽培从宫廷扩大到士大夫阶层的私家园林，用来点缀庭院，美化环境。到了唐代，兰花的栽培才发展到一般庭院。

宋代是我国兰花艺术的高峰时期，有关兰艺的书籍众多。南

兰花清雅高洁，被誉为"花中君子"。这幅染色兰花，是河北蔚县剪纸艺人的作品。

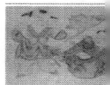

兰花，是古今文人墨客最喜欢描绘和咏颂的花卉之一。

宋文人赵时庚于 1233 年创作完成的《金漳兰谱》一书，是我国保留至今最早的一部研究兰花的著作，也是世界上第一部兰花专著。南宋画家赵孟坚所绘的《春兰图》，已被认为是现存最早的兰花名画。

后世的画家们在画兰花的时候，经常会画"露根兰"。"露根兰"亦称"根草"，以露根之兰花构成图案。关于"露根兰"的来历，还有一个感人的故事。

宋末画家郑思肖性情刚直忠义，平生善画墨兰。宋亡之后，他隐居吴下（今江苏苏州）。每当与前朝的朋友相聚时，他总是面向南坐，以示不忘故土。

入元以后，郑思肖在画兰花的时候，总是疏花简叶露根。有人不解，便询问原因。他愤然答曰："土，已为番人所夺！"

元朝官吏有求其画兰者，他都断然拒绝，并答以"头可断，兰不可得"之语。后人感佩其高风亮节，也多以"露根兰"为饰。

明、清两代，兰艺进入一个新的昌盛期。随着兰花品种的不断增加，以及栽培经验的日益丰富，兰花已经成为大众观赏之物。有关描写兰花的书籍、画册、诗句，以及应用于瓷艺、雕刻、刺绣等民间工艺品的兰花图案数不胜数。如明代高濂的《遵生八笺》、张应民的《罗篱斋兰谱》等，都有对兰花生动细致的描述。

清代也涌现出不少艺兰专著，如浙江嘉兴许氏撰写的《兰蕙同心录》、袁世俊的《兰言述略》、杜文澜的《艺兰四说》、屠用宁的《兰蕙镜》、张光照的《兴兰谱略》、汪灏的《广群芳谱》、区金策的《岭海兰言》等。其中，以《兰蕙同心录》的影响最大。

许氏嗜兰成癖，又善画兰，具有丰富的艺兰经验。《兰蕙同心录》分为两卷，卷一讲述栽兰的知识，卷二描述兰花品种的识别和分类方法。全弓共记载兰花品种57个，并附有他亲手绘制的白描图，至今仍具有一定的参考价值。

春兰图，是文房用具上很常见的装饰图案。这件竹雕臂搁，是常州竹雕艺人的作品。

在我国传统文化中，兰花以"美好""高洁""贤德""典雅""坚贞不渝"的品质，历来被视为高尚人格的象征。古代文人常把诗文之美喻为"兰章"，把友谊之真喻为"兰交"，把良师益友喻为"兰客"。

对于中国人来说，兰花还具有民族精神上的深层意义。在中国传统"四君子"当中，兰花与梅的孤绝、菊的风霜、竹的气节不同，它象征的是知识分子的气质，以及一个民族内敛的风华。

清直挺拔：竹子

中国是竹文化的发祥地，无论是竹林面积，还是蓄积量，均居世界第一，因此，我国素有"竹子王国"之称。竹子无牡丹之富贵，无松柏之伟岸，无桃李之娇艳，但竹子潇洒挺拔、清丽俊逸，具有翩翩君子之风度。

在我国传统文化中，竹子空心，象征谦虚；竹子弯而不屈，折而不断，象征柔中有刚的做人原则；竹节毕露，竹梢拔高，则象征生而有节，品德高尚不俗。

竹子潇洒挺拔，节节拔高，故而在我国民间有"步步登高"的寓意。

我国民间种植竹子的历史非常悠久。据考古研究发现，早在7000多年以前，我国民间便开始种植竹子。

在我国第一部诗歌总集《诗经》里面，就有大量描写竹子的诗歌。另外，在《易经》《书经》《周礼》《尔雅》等古代典籍中，都有关于竹子的记载。

春秋战国时期，民间竹编艺术已经达到了很高的水平，尤以楚国最为发达。秦朝时，秦始皇把竹子引种到咸阳的宫廷园林中。汉代的宫廷御苑中，也设有修竹园、竹圃等。

竹子对我国音律的起源产生过重要的影响。历史文献和考古资料证实，从史前开始，就使用竹子定音律。到了晋代，人们便以"丝竹"作为音乐的名称。

竹子对我国的宗教文化也产生过很大的影响。古代先民将竹子视为图腾崇拜之物，把竹子作为祭祀的工具和祭品。道教和佛教都崇奉竹子，追求竹子所构筑的意境。

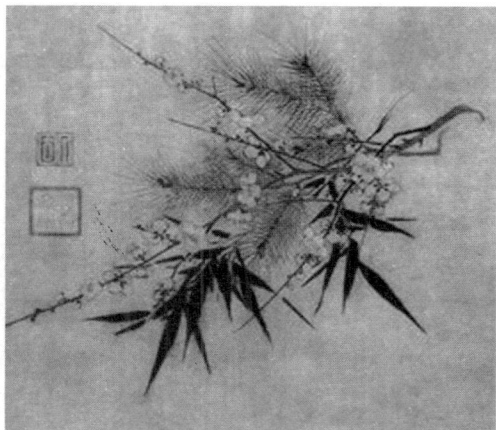

"岁寒三友"是指松、梅、竹这三种耐寒的植物，在中国传统文化中则是高尚人格的象征。

从远古时代女娲以竹做笙簧的神话传说开始，我国人民种竹、用竹、爱竹、咏竹、画竹之风长盛不衰，绵延了数千年。一代代文人墨客创作了不计其数的竹子神话、诗歌和书画，形成了中国竹文化的一个重要组成部分。

"竹林七贤"中的嵇康，因蔑视世俗权贵而为统治者所不容。在遭陷害被杀时，他毫无畏惧地要来五弦琴，镇定自若地弹了一曲《广陵散》。宋代大诗人苏东坡对竹子的评价异常之高。他在《于潜僧绿筠轩》中写道："宁可食无肉，不可居无竹。无肉使人瘦，无竹令人俗。人瘦尚可肥，士俗不可医。"

北宋宰相寇准为人耿直善良，敢于犯颜直谏，后遭奸臣陷害，死在雷州。传说当地百姓折竹挂纸钱，插地祭奠。过了一个多月，那些插在地上的竹竿竟冒出了尖尖的嫩叶，很快便长成了一片青翠茂密的竹林。这个传说说明了老百姓怀念寇准为官清廉，刚正不阿，恰似竹子的高风亮节。

"竹林七贤"将我国的竹文化提升到一个全新的境界。这是清代杨柳青年画艺人的作品。

明太祖朱元璋也

《五清图》中松、竹、梅、兰花和山石，象征君子的高风亮节。这幅画作是清代画家恽寿平的作品。

喜欢竹子刚正的气节，曾如此赞誉道："雪压枝头低，虽低不着泥。一朝红日出，依旧与天齐。"

清代"扬州八怪"之一的郑板桥特别擅长画竹。他题于竹画上的诗数以百计，丰富多彩，独领风骚。郑板桥狂放不羁，傲岸正直，因此，他经常咏竹、画竹以勉人和自勉。如："衙斋卧听萧萧竹，疑是民间疾苦声。些小吾曹州县吏，一枝一叶总关情。"他在《竹石图》的画眉上题诗曰："咬定青山不放松，立根原在破岩中。千磨万击还坚劲，任尔东南西北风。"高度赞扬了竹子不畏逆境、蒸蒸日上的品质，同时也映照出郑板桥的高尚人格。

"竹"字，由两个竹叶形的"个"字组成。两个"个"字不分离，象征团结，也象征坚贞的爱情。因此，在我国民俗文化中，竹子还是婚俗中的吉祥之物，譬如用竹枝挑开新娘的红盖头，抬竹轿，送竹扇等。人们描写爱情，也常用"青梅竹马，两小无猜"之词。竹，与"祝"谐音，"祝（竹）君"、"祝（竹）福"等都是带给人们美好、幸福和吉祥的颂词。

在我国民间常见的吉祥图案当中，经常见到竹子的身影，如"岁寒三友""竹梅双喜""五瑞图""五清图""华封三祝"等。

竹子在我们的生活中无处不在。竹子的精神和品德，也成为中华民族精神的一种象征，在潜移默化地丰富着我国的传统文化。

玉雕"竹梅双喜"，寓意两小无猜、夫妻恩爱和幸福美满。

秋中君子：菊花

菊花，又名"延年'"帝女花"等，是我国传统名花，被古人视为"四君子"之一。每到深秋时节，万花凋零，菊花则凌寒怒放，生机勃勃。

菊花原产于我国，野生菊花分布较广。人工栽培菊花也已经有3000多年的历史。在西汉戴圣所编纂的《礼记·月令》中就有"季秋之月，菊有黄花"的记载。

在很早的时候，古人就发现了菊花的食用和药用价值。战国时期，爱国诗人屈原有"朝饮木兰之坠露兮，夕餐秋菊之落英"的诗句。在我国最早的中医学著作《神农本草经》里，则有常食菊花能够延年益寿的记载。

秦、汉时期，民间更加注重菊花的医用和食用。当时，特制的菊花酒、菊花茶、菊花糕等成为名饮佳品。东汉学者应劭在其撰写的《风俗通义》一书里，记载了这样一件事情：在河南南阳，有一个名叫甘谷的村庄。村后的山上生长着许多的菊花，一股甘泉从菊花丛中流过，花瓣散落在泉水中，使泉水也有了菊花的清香。村里的30多户人家，都饮用

傲霜怒放的菊花，在中国传统文化中被视为"四君子"之一。

晋代大诗人陶渊明酷爱菊花，他种菊、赏菊、食菊、吟菊，为菊文化留下了灿烂的一笔。

这山泉水，一般都活到130多岁，最少也七八十岁。

后来，随着菊花的普遍栽种，菊花逐渐成为一种观赏花卉。晋代大诗人陶渊明不为五斗米折腰而隐居山林，与菊花相伴，过着自由闲适的生活。他种菊、采菊，并以菊下酒。他那"采菊东篱下，悠然见南山"的名句，更是千古传颂。因此，后人尊陶渊明为九月菊花花神，菊花也有了"东篱菊"的雅号。

宋代是菊花发展的鼎盛时期。在刘蒙泉撰写的《菊谱》一书中，共收录菊花品种163个，这也是我国历史上第一部菊花专著。

菊花栽培也是由露天自然栽培过渡到整形盆栽的。南宋诗人范成大在《范村菊谱》中提到，苏州一花匠能够使一棵菊花开出数十朵花，当与今天所谓的"大立菊"相似。当时，还有用小菊结扎成门楼、宝塔等形状的扎景。此外，民间每年都要举行隆重的"菊花会""赛菊会"等观赏游艺活动。

自明、清以来，又有《黄花传》《艺菊花》《花镜》等30多种与菊花有关的专著出版，共记载菊花品种500多个。现代，爱菊、种菊的人越来越多，菊花的品种已达3000多个，成为古今中外花卉的一个奇观。

菊花仪态万千，气宇轩昂，悠悠数千年间，成为文人墨客吟咏、丹青描绘的对象。唐代诗人岑参遭遇安史之乱，于颠沛流离中写成《行军九日思长安故园》："强欲登高去，无人送酒来。遥怜故园菊，应傍战场开。"诗人借重阳怜菊，以抒发思乡之苦。

宋代女词人李清照有"东篱把酒黄昏后，有暗香盈袖。莫道不

重阳节登高、赏菊的习俗，在我国民间由来已久。

消魂，卷帘西风，人比黄花瘦"之句，以菊花瘦反衬词人因相思而憔悴伤感之状，成为艳词绝唱。

菊花入画大约始于五代时期，当时的画家徐熙、黄筌都曾画过菊花。因桂花也在秋季绽放，所以古人多有将菊花与桂花相伴入画者，以示德之不孤。

菊花在我国民俗文化中也具有非常重要的地位。在人们的心目中，它是吉祥、健康和长寿的象征。

每年的农历九月初九是重阳节。因九为阳数之最，九月初九是两阳相逢，故名"重阳"。自古以来，我国民间在重阳节这天就有登高、赏菊、饮菊花酒的习俗。关于重阳节登高和饮菊花酒习俗的由来，在我国民间还流传着这样一个故事。

相传在东汉时期，汝南有一个名叫恒景的年轻人跟随费道士学道。有一年，在临近农历九月初九时，费道士告诉他，九月初九这天汝南将有大灾，只有登高、饮菊花酒才可以免灾。恒景听后，赶紧返回老家，把这个消息告诉了乡亲们。九月初九这天，乡亲们纷纷登上村外的山头，并饮用菊花酒。等他们回去时，发现村里的家禽、牲畜全部暴死。

从此以后，重阳节登高、饮菊花酒便成为民间避祸消灾的传统习俗。

人们钟爱菊花，吉祥的菊花图案也经常

枸杞与菊花组合成的图案为"杞菊延年"，有健康长寿的寓意。

出现在人们的生活中。"傲霜秋菊"图，即以独棵或两棵菊花为图案。秋霜之时，万花凋谢，而菊花迎霜绽放，更显示出其耐寒傲霜的凛然风骨。

另外，菊花与喜鹊组合，寓意"举家欢乐"；菊花与松树组合，寓意"益寿延年"。这些吉祥图案在民间的应用极为广泛。

美好圣洁：莲

莲，又称"荷""芙蕖"等。在我国传统文化中，莲被认为是洁身自好、具有高尚品德的君子形象。自古至今，我国人民对莲怀有一种特殊的感情。

我国民间种植莲的历史悠久。据史料记载，早在西周之时，人们已经开始采莲掘藕，

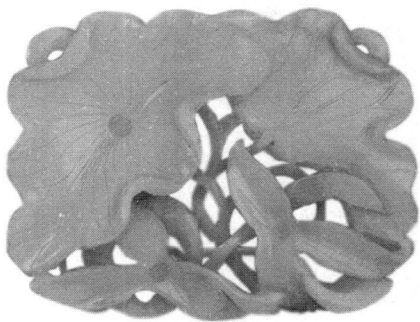

元代白玉镂雕"一品清廉（莲）"，寓意崇尚高官廉洁的风骨。

作为食用的蔬菜。莲，以它的实用性走进了人们的生活。

同时，它也凭借艳丽多彩的花朵和幽雅的风姿，渐渐地走进人们的精神世界。莲作为观赏植物，引种至园池栽植，最早是在公元前473年。吴王夫差在他的离宫为宠妃西施修筑玩花池，栽种莲花，供西施玩赏。

杨柳青年画《莲生贵子》，是由莲花、儿童和笙构成，寓意人丁兴旺。

与此同时，人们也认识到了莲的药用价值和食疗价值。莲的地下茎为藕，隐蔽地横生在淤泥之中。莲藕为乳白色，肥大有节，每节之间长有许多根须。不仅可以做成许多种美食，

还可以治病，藕节便是一味止血的中药。

据说，东汉神医华佗在给病人动手术的时候，先给病人饮用麻沸散，待其失去知觉之后再进行手术。华佗为病人缝合好伤口之后，便会涂敷上以藕皮等制成的膏药。数日之后，病人的伤口便会愈合。另外，在《神农本草经》里面，也记载了莲藕的药用和保健功能。

莲的种子称为"莲子"。当莲花凋谢之后，花梗上便会结出一个莲蓬，呈漏斗状。莲蓬上有许多像蜂窝一样的小孔，莲子就长在那些小孔中。精细加工后的莲子呈椭圆形，粒大饱满，洁白圆润，香醇爽心。莲子的营养价值很高，通常用以炖煮银耳莲子汤，久食可以强身健体，延年益寿。

因为喜爱莲，历代文人墨客都留下了不少咏莲的诗词曲赋。北宋文人周敦颐酷爱莲花，对莲花情有独钟，并著有《爱莲说》。他在文中如此赞誉莲花："水陆草木之花，可爱者甚蕃。晋陶渊明独爱菊。自李唐来，世人甚爱牡丹。予独爱莲之出淤泥而不染，濯清涟而不妖，中通外直，不蔓不枝，香远益清，亭亭净植，可远观而不可亵玩焉。"

莲，与佛教的关系异常密切。因此，许多美好圣洁的事物都以莲作为比喻，譬如佛座称为"莲花座""莲台"，结跏趺坐的姿势称为"莲花坐"。佛经《妙法莲华经》，简称《法华经》，就是以莲为喻，象征教义纯

北宋文人周敦颐对莲花情有独钟，并留下了传世佳作《爱莲说》。

中国传统记忆丛书

图说
老吉祥

高密扑灰年画《连年有余》，是劳动人民对富足生活的一种美好设想与期盼。

洁高雅。

　　受佛教文化的影响，在人们心目中原本就高洁的莲花变得愈加圣洁。于是，有关莲文化的内容，在绘画、雕塑、瓷艺、织绣等民间美术作品中更加丰富多彩。比如古代的瓷器、铜镜等装饰，多采用莲花花纹；金银器皿上，尤其是盘的边缘，多饰以富丽的莲瓣纹。

　　至今，吉祥的莲纹仍然是民间艺术家喜欢采用的一种手法。中国画中，往往是以盛开的莲花作为夏天的标志。

　　在我国的民俗文化中，还有许多与莲有关的吉祥寓意。莲，有一蒂二

杨柳青年画《五子夺莲》，有"连生贵子"和"连中三元"的美好寓意。

花者，称为"并蒂莲"，寓意男女好合，夫妻恩爱。在常用的喜联当中，就有"比翼鸟永栖常青树，并蒂花久开勤俭家"的佳对。

　　因为"莲"与"连""廉"谐音，故而还有"连（莲）生贵子""连（莲）年有余（鱼）""一品清廉（莲）"等吉祥图案，以此来表达人们的美好愿望。

雍容华贵：牡丹

牡丹，在我国民间被誉为"国色天香""花中之王"。牡丹花硕大而艳丽，雍容华贵，深受人们喜爱。

牡丹在我国已经有1900多年的栽培历史。汉代时，它以药用植物的身份记载于《神农本草经》。

到了唐代，牡丹的栽培技艺开始兴盛起来，不仅花色种类增多，还出现了一些新奇变种。传说当时洛阳有个名叫宋单父的花匠，擅长培植牡丹。后来，他应唐玄宗李隆基之召，到骊山种植了一万多株牡丹，颜色各异，时人惊叹其有"幻世之绝艺"，便尊称他为"花师"。

自古以来，被誉为"国色天香"的牡丹深受人们喜爱。

这一时期，咏颂牡丹的诗歌佳作也大量涌现，如刘禹锡的"唯有牡丹真国色，花开时节动京城"，脍炙人口；李白则有"云想衣裳花想容，春风拂槛露华浓"的千古绝唱。

牡丹开始成为吉祥富贵、繁荣昌盛的象征。

到了宋代，牡丹栽培的中心由唐朝时的长安转移到洛阳。当时，牡丹的品种越来越多，栽培技术更上层楼，并出现了一大批理论专著，诸如陆游的《天彭牡丹谱》、丘浚的《牡丹荣辱志》、张邦基的《陈州牡丹记》等，对牡丹栽培技艺的推广起到很大的促进作用。

与此同时，也出现了许多培植牡丹的高手。欧阳修在《洛阳牡丹记》里，提到一位人称"门园子"的花匠。他是一位牡丹接花高手，富贵人家纷纷请他去嫁接牡丹。他秋天给人家接花时并不收钱，而是等到来年春天见花后再收钱。

张邦基在其撰写的《墨庄漫录》里，则记载了另一位栽培牡丹的高手。宋徽宗宣和年间，洛阳有一位姓欧的花匠。他把药渣培在白牡丹根下，次年花开为浅

在我国民间，牡丹被视为富贵和繁荣的象征。这幅《荣华富贵》，是杨家埠年画作品。

碧色，人称"欧家碧"，极为珍贵。此花每年作为贡品，供奉朝廷。

之后，随着政治中心的转移和洛阳名园的损毁，至南宋时，四川天彭牡丹兴起，并有"小洛阳"之美誉。从陆游所著的《天彭牡丹谱》里所列的60多个品种来看，大都是从洛阳引进的。

明、清时期，安徽亳州牡丹、曹州牡丹先后兴起，盛极一时。同时，也出现了许多关于牡丹的专著，如明人高濂的《牡丹花谱》、薛凤翔的《亳州牡丹史》，清人汪灏的《广群芳谱》、余鹏年的《曹州牡丹谱》等。

因为人们喜爱牡丹，所以关于牡丹的传说也是数不胜数。其中流传最

牡丹是古代民居最常用的装饰图案之一，这是江南民居墙壁上的砖雕牡丹图案。

传说，唐代女皇武则天曾对牡丹加以迫害，但并没有使它们屈服，反而越开越艳。

（page number）

广的一个传说，与中国历史上唯一的女皇帝武则天有关。

传说有一年冬天，武则天在上苑饮酒赏雪。酒后，她在白绢上写了一首五言诗："明朝游上苑，火速报春知。花须连夜发，莫待晓风吹。"写罢，她让宫女拿到上苑焚烧，以报花神知晓。得到诏令之后，百花仙子吓坏了。

第二天，除了牡丹之外，其余花都开了。武则天见只有牡丹未开，盛怒之下，令人将牡丹连根拔除，贬出长安。那些被拔除的牡丹，最终被扔到洛阳邙山。那儿沟壑纵横，偏僻荒凉。武则天令人将牡丹扔到邙山，就是想使牡丹绝种。谁知，牡丹到了洛阳之后，竟相怒放。

武则天又下令焚烧牡丹，牡丹却反而越烧越红，越烧越艳，从此，"洛阳牡丹甲天下"。

通过这个传说可以看出，人们喜爱牡丹，不仅仅是因为它那雍容华贵的气质，更重要的是它劲骨刚心、不畏权贵的高风亮节。

此外，牡丹还被人们视为美的化身，是纯洁爱情的象征。

牡丹文化早已深入到我国民间的每个角落，牡丹图案更是中国吉祥文化中不可缺少的一部分。如寓意吉庆的"缠枝纹牡丹"，又称"万寿藤"，因结构连

在这件清代的民间绣品上，牡丹与锦鸡组合在一起，有"锦上添花""锦上富贵"的寓意。

绵不断，又具有"生生不息"的寓意。

牡丹与海棠绘在一起，寓意"满堂富贵"，即老少同贵；牡丹与鱼纹绘在一起，象征"富贵有余"；牡丹与白头翁（鸟）绘在一起，象征着"长寿富贵"或"富贵姻缘"；将牡丹插在花瓶里，则寓意"富贵平安"。

今天，牡丹被赋予了多崭新的文化象征意义。作为国花的牡丹，非常贴切地代表了中华民族国泰民安、兴旺发达的形象，表达了全国各族人民共同的理想和愿望。

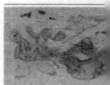

凌波仙子：水仙花

水仙花花香浓郁、亭亭玉立，深得文人雅士的推崇。这是宋代画家赵孟坚笔下的水仙花。

水仙花，是中国十大名花之一。因在水里栽种，而且花香浓郁，亭亭玉立，故而有"凌波仙子"的雅称。早在唐代时，我国民间即开始对水仙花进行人工栽培。

传说，水仙花是尧帝的女儿娥皇、女英的化身。她们二人一同嫁给舜，姐姐为后，妹妹为妃，姐妹俩感情甚好。后来，舜在南巡时驾崩，娥皇与女英双双殉情于湘江。

上苍垂怜姐妹俩的真情挚爱，便将她俩的魂魄化为江边的水仙。从此，二人成为腊月水仙的花神。

水仙花对生长条件的要求简单而朴素。在寒冬腊月里，只需要一碟清水就能生根发芽，并伸展开青翠的叶片，绽放出素雅芳香的花朵。

在我国民间，人们将水仙花视为娥皇与女英的化身。

在百花凋零的隆冬时节，水仙花花叶俱盛，仪态超俗，给人们带来生气和春意。因此，历代有无数文人墨客为水仙花题诗作画，流传下来很多优美的艺术作品。

在我国民间，水仙花常常作为"岁朝清供"的年花，祝贺新春。水仙花也被人们视为吉祥、美好、纯洁、高尚的象征。

在明、清时期，水仙花的图案常用于家具纹饰的雕刻上面。水仙花和灵芝组合，寓意"灵仙祝寿"。

现在，水仙花仍然是最受人们喜欢的花卉之一。我国南方部分地区，至今仍保留着春节赏水仙的习俗。

每到春节前后，那一盆盆陈列在几案上盛开的水仙花，洁白如雪，清香馥郁，令人陶醉。

"岁朝清供"是中国传统吉祥图案之一，在古代家具纹饰中很常见。

皓月清香：桂花树

每年农历八月十五前后，桂花那浓郁的芳香会令许多走近它的人陶醉。

桂花树，又名"木樨""金桂""丹桂"等，是我国民间的吉祥树种。它是木樨科、木樨属植物，原产我国西南、华南及华东地区，树姿飘逸，四季常青，香飘怡人。我国民间习惯将桂花树分为四个品种，即金桂、银桂、丹桂和四季桂。

我国桂花的栽培已有2500多年的历史。在春秋战国时期成书的《山海经》里面，便有"招摇之山多桂"的记载。

另外，在楚地的早期文献中，也已经提及桂花的食用和观赏价值。据说在当时，桂花被人们视为友好、吉祥的象征。战国时期，燕、韩两国为了表示亲善友好，曾相互馈赠桂花。

自汉代至魏晋南北朝时期，桂花树已经成为名贵的花卉与贡品，并成为美好事物的象征。据古代笔记小说集《西京杂记》记载，汉武帝初修上林苑的时候，群臣贡献异树奇花2000多种，其中有桂花树10株。公元前111年，汉武帝在上林苑中兴建扶荔宫，广植奇花异木，其中有桂花树100株。

唐代文人不仅吟桂蔚然成风，还亲手栽种桂花树。柳宗元从湖南衡阳移来10多株桂花树栽在零陵。白居易在杭州、苏州任刺史时，曾将杭州天竺寺的桂花树带到苏州城中种植。

关于桂花树的神话传说也不断出现，尤其是"吴刚伐桂"的故事，在我国民间广泛流传。

传说月亮上有一株月桂树，高达500丈。这株月桂树不仅高大，而且有一种神奇的自愈功能。有一

《斗寒虫 争富贵》是清代杨柳青年画。两个孩童一个手持牡丹，一个手持桂花，寓意富贵吉祥。

位西河人，姓吴名刚，本为樵夫，却醉心于仙道。然而，天帝从中阻挠，将他囚禁在月宫，令他砍伐那株高大的月桂树，并告诉他："你砍倒桂树，就可获得仙术。"可是吴刚每砍下一斧，月桂树上的伤口就会马上愈合。

年复一年，吴刚总是砍不倒那株月桂树。而只有在每年八月十六那天，才会有一片树叶掉落到地面上。倘若谁幸运地捡到这片叶子，谁就能得到数不尽的金银财宝。

因此，桂花树在人们的眼里成了"仙树"。宋代诗人韩子苍赋诗赞曰："月中有客曾分种，世上无花敢斗香。"女词人李清照也盛赞桂花"自是花中第一流"。

自宋代起，桂花树已经被广泛应用于在庭院中栽培观赏。在我国古代园林中，桂花树经常与建筑物、山、石相配，栽种于亭台楼阁附近。旧时的庭院常常采用对植的方法，故有"双桂当庭"或"双桂留芳"之称。

"吴刚伐桂"的故事在我国民间广泛流传。

桂折宫蟾

"蟾宫折桂"就是到月宫上攀折桂花，寓意在科举时一鸣惊人，应考得中。

桂花既可以用来制糖、做糕点，又可以用来制茶和酿酒。因此，实用而又充满灵性的桂花树，在我国民俗文化中的影响越来越深远。

"桂"谐音"贵"，以前的富贵官宦人家，房前屋后通常会栽种几株桂花树，寓意家业"富贵兴旺"。

农历八月，古称"桂月"。此月既是赏桂的最佳时期，又是赏月的最佳月份。常言说，"花好月圆"，花是桂花，月是圆月，家人团聚，起舞弄清影，了无遗憾。

自古以来，人们就把桂花及其果实视为"天降灵果"，是崇高、吉祥的象征。因此，人们称赞好儿孙为"桂子兰孙"，把子孙同时显贵发达称为"兰桂齐芳"，把进士及第或高中状元称为"蟾宫折桂"，把月宫称为"桂宫"，以"桂魄"比喻月亮。

时至今日，桂花树仍然深受人们的喜爱。每年中秋月明，在凉爽的秋风中，飘溢着甜甜的桂花芳香。月色溶溶，露冷花香，给人们带来无穷的遐想。

高洁长寿：松树

　　松树，属于常绿乔木，是地球上最长寿的树种之一，有"百木之长"的美誉。它的适应性极强，耐贫瘠，耐干旱，挺拔不屈，抗风雪严寒。在我国森林植被树种当中，松树占有首席地位。

　　自古以来人们就爱松、敬松，对松树怀有一种特殊的感情，并把松、梅、竹誉为"岁寒三友"。

　　文人雅士对松树更是情有独钟，他们歌以赞松，诗以咏松，画以绘松，鸿篇妙文层出不穷，丹青佳作不胜枚举。孔子曾赞曰："岁寒，然后知松柏之后凋也。"因为松与柏在耐寒长青、坚忍不拔方面具有诸多相似的特点，所以古人多将松、柏并列。孔子将松、柏并列，或有示德之不孤的意思。

　　松树象征着坚忍顽强、不畏严寒的精神。唐代诗人白居易在《和松树》中写道："亭亭山上松，一一生朝阳。森耸上参天，柯条百尺长。……岁暮满山雪，松色郁青苍。彼如君子心，秉操贯冰霜。"松屹立于山巅，傲雪抗寒，更显苍劲。因此，后人多借松树比喻那些在逆境困苦中能够保持高尚节操的人。

在中国传统文化中，松树是坚贞与长寿的象征。

古今文人对松树尤为钟爱，就像这件木雕笔筒一样。松树的形象经常出现在文房用具上面。

古人还常将松树与风联系在一起。宋徽宗崇宁元年（1102年），黄庭坚与友人同游鄂城樊山，在松林间途经一阁，夜听松涛而作七言诗一首，即《松风阁》。《松风阁诗帖》是黄庭坚晚年以行书所录《松风阁》一诗的墨迹，在其传世作品中最负盛名。

松树长寿，且经冬不凋，所以在我国民间被视为仙物，用以祝寿。这种象征意义为道家所接受，后来成为道教长生不老的重要意象。

在道教神话中，松树往往是不死的象征。道士服食松叶、松根，以期能飞升成仙，长生不死。

在古人心目中，鹤是出世之物，高洁清雅，有飘然仙气，所以将松与鹤合二为一，寓意"高洁长寿""松鹤延年"。直到今天，"福如东海长流水，寿比南山不老松"仍是为老人祝寿时最常用的佳联。

松树还象征着忠贞的友谊和爱情。宋代大文豪苏东坡一生爱松，结发妻子病逝之后，他在妻子的坟茔四周亲手种植了万株松苗，希望它们岁岁年年、生生世世伴随在爱妻身旁。

松树还是我国很多风景区的重要景观，如安徽黄山、山东泰山、江西庐山、辽宁千山等地，都以松树的景色而驰名中外。尤其是安徽黄山，其"奇松、怪石、云海"号称"三绝"，而奇松位列首位。

全国各地有不少古松，这与我国悠久的历史文化有着密切的联系，譬

松鹤延年，寓意健康长寿。直到今天，这幅吉祥图案仍深受人们的喜爱。

秦始皇东巡时，曾在泰山御封一棵松树为"五大夫"。这是后人为"五大夫松"画的条屏。

如泰山的"五大夫松"。据西汉司马迁撰写的《史记》记载，秦始皇统一全国之后，为了炫耀文治武功，震慑六国臣民，决定大举东巡。公元前219年，秦始皇登泰山时，突然天降大雨，秦始皇便急忙躲到路旁的大松树下遮雨。念此树护驾有功，秦始皇便封那棵松树为"五大夫"。

在北京的北海团城有一株800多年的古松，传说在清代时曾被乾隆皇帝封为"遮阴侯"。

松树带给我们的不仅仅是物质财富，更重要的是对我们心灵的启示。当我们凝望着那一棵棵沧桑而有气魄的古松时，内心便会升腾起一种顽强不屈、积极向上的力量。

忠贞孤直：梧桐树

梧桐树，是我国南北方一种广布树种，属梧桐科、梧桐属，落叶乔木。它高大魁梧，树干无节，笔直向上，高擎着翡翠般的碧绿巨伞，气势轩昂。它的树皮平滑，树叶浓密，从干到枝一片葱郁，清雅洁净。

自古以来，梧桐树就被人们视为吉祥佳木而备受珍爱，并广泛种植，千百年来，已积淀下丰厚的文化内涵。

古人认为，梧桐树能够招引凤凰。关于梧桐树招引凤凰的传说，最早见于先秦诗歌总集《诗经》。战国时期的庄周也曾感慨：凤凰从南海飞往北海时，一路上，非梧桐树不栖，非竹实不食，非甘泉水不饮。

凤凰，是我国神话传说里的灵鸟。凤凰现世，则象征国家长治久安、太平昌盛。因此，没有一个帝王不希望能够亲眼看见这种灵鸟，而能招引凤凰的梧桐树，自然身价倍增了。

前秦时期，苻坚曾下令在长安的阿旁城内种植了数十万棵梧桐树和竹子。他的这一番苦心，就是为了招引凤凰。因此，我国民间才会流传着"栽下梧桐树，引来金凤凰"的

民国小学课本上，关于梧桐树的图文描述。

俗语。

梧桐树在早秋最先落叶，因此，梧桐叶落成为秋至的象征性景物，所以有"梧桐一叶落，天下尽知秋"的说法。

梧桐树干高大挺拔，自古就深受文人们的青睐，被视为孤直人格的象征。最能体现梧桐树"孤直"人格象征意义的，则是"孤桐"的意象。比如南朝宋诗人鲍照在《山行见孤桐诗》中写道："桐生丛石里，根孤地寒阴。"另一位诗人谢朓在《游东堂咏桐诗》一诗里这样写道："孤桐北窗外，高枝百余尺。"在当时，梧桐树已经被寄予一种厚重的思想内涵。

"梧"与"吾"谐音，"桐"与"同"谐音，而且梧桐树枝叶相交，因此，在我国传统文化中，梧桐树还象征着缠绵悱恻、至死不渝的爱情。如唐代诗人孟郊的《烈女操》中有"梧桐相待老，鸳鸯会双死"的诗句，就是以梧桐树象征忠贞不渝的爱情。

元代著名戏剧家白朴曾根据白居易的《长恨歌》编写了杂剧《唐明皇秋夜梧桐雨》，讲述了唐明皇与杨贵妃的爱情故事。梧桐树，无疑成了唐明皇和杨贵妃爱情的见证。

今天，梧桐树作为优美的观赏植物，仍然被人们广泛栽种。无论庭院、宅前，还是行道两侧，都能见到梧桐树那秀美的身影。这种已有两千多年传统文化的吉祥树种，仍在默默地点缀着我们的生活。

古人认为，梧桐树能够吸引神鸟凤凰前来栖息，因此它也成了一种吉祥之树。

根系祖魂：国槐

槐树，在中国传统文化中具有特殊的意义。它的根，深深地扎在许多人的心灵深处。

国槐，又称"槐树""豆槐""家槐"等。国槐枝叶繁茂幽雅，木质坚硬，树龄可达千年，甚至数千年，人称"长寿树"。

在我国北方地区，国槐最为常见，遍布城乡各地。自周代起，宫廷内就种植国槐，故国槐又有"宫槐"之称。因此，故宫里国槐很多。

据《周礼》记载，周代宫廷外种有三棵国槐，三公朝见天子时，都站在国槐下面。"三公"是指太师、太傅和太保，是周代三种最高官职的合称，后人因此用"三槐"比喻"三公"。故而，历代的国子监和贡院内都植有国槐。

古人崇槐、植槐，认为槐树是"木鬼"，极有灵性，可以给人带来福气。尤其是书生，对国槐更是崇拜有加，将其视为科第吉兆的象征。

自唐代开始，科举考试关乎读书士子的功名利禄和荣华富贵。士子们更希望借此阶梯而上，博得"三公"之位。因此，常以槐指代科考，比如，考试的年头称"槐秋"，举子赴考称"踏槐"，考试的月份称"槐黄"等。

古代读书人都希望在有国槐相伴的环境中生活和学习，以登上"槐位"作为寒窗苦学的目的和动力。于是，国槐便成为莘莘学子心目中的偶像。

古人还认为"槐"是人们站在槐树下怀念故土的意思，因此，国槐被视为移民怀祖的寄托。在我国民间一直流传着这样一首民谣："问我祖先何处来，山西洪

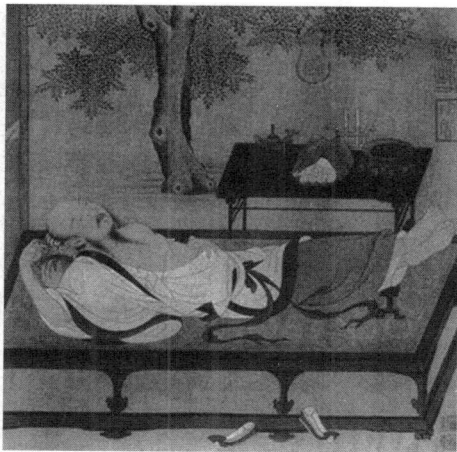

古代学子将国槐视为崇拜的对象，在槐荫下做一个"状元及第梦"，也是不错的吧！

洞大槐树；问我老家在哪里，大槐树下老鸹窝。"这首民谣，说的就是山西移民的那段历史。关于这段历史，我国民间还广泛流传着一个故事。

元朝末年，自然灾害频繁发生，黄河地区水患尤为严重。同时，统治者的高压统治导致红巾军起义。战争纷乱，民不聊生，人口大量减少，特别是河北、河南、山东等地，出现了许多无人区。

明朝建国以后，当务之急是恢复和发展农业生产，首先需要解决的就是劳动力和土地的问题。针对这种情况，明政府采取了移民垦田的政策，即把"地狭人众"的山西地区的农民迁移到地广人稀的地区。

但故土难离，谁也不愿离开自己的家乡。这时候明政府发布告示，欺骗百姓说："不愿迁移者，到洪洞大槐树下集合，须在三日内

对那些长途跋涉、移民他乡的百姓来说，国槐成了故乡与祖先的象征，并影响至今。

在黄梅戏《天仙配》里，促成董永与七仙女姻缘的就是老槐树。

赶到。愿迁移者，可在家等待。"百姓听到这个消息之后，纷纷赶到大槐树下。

第三天，大槐树四周聚集了十几万人。他们拖家带口，暗中祈祷上苍，保佑他们平安无事。然而，一队官兵包围了大槐树下手无寸铁的百姓。数名武将簇拥着一个官员走了过来，那官员大声命令道："凡来到大槐树之下者，一律迁走！"

因为所有的移民都是先集中在洪洞大槐树旁，然后才向中原各地迁徙的，所以为了让自己的后代知道自己的故乡，这个民谣一代代口口相传。许多年过去了，除了这首民谣，留在人们记忆里的就只剩下那棵大槐树了。从此以后，国槐就成了故乡、祖先的象征。

我国古代人民喜爱和崇敬国槐，将其视为灵性之树，因此产生了许多与国槐有关的美丽传说。其中，《董永遇仙》的故事可谓家喻户晓，并被改编成黄梅戏《天仙配》。

相传，王母娘娘的小女儿七仙女，因感天宫孤独寂寞而思慕人间生活。她下到凡间，被老实忠厚的董永打动，并萌发了爱慕之情。

经老槐树做媒，七仙女与董永结为夫妻。七仙女凭借自己的勤劳机智，从傅员外家为丈夫赎身，夫妻双双愉快返家。在老槐树下，狂风骤起，空中出现天兵天将，传下玉帝圣旨，令七仙女立刻返回天宫，若违命则将董永碎尸万段。七仙女不忍丈夫无辜受害，便怀着悲愤的心情，重返天庭。从此以后，天上人间音信杳然，只给后世留下一段凄美的爱情故事。

从洪洞大槐树到为七仙女、董永做媒的老槐树，足以说明人们对国槐一直怀有一种深厚的感情。植槐、护槐、敬槐的习俗，也逐渐成为我国民间传统文化中一个重要的组成部分。

平安福运：艾蒿、菖蒲

艾蒿，又称"艾草""苦艾"
"艾子"等，为多年生草本植物，
我国各地区均有分布，自然生长
于山野之中。每到春夏季节，在
路旁溪畔、田间地头、荒野土丘，
都能见到艾蒿的影子。

艾蒿性温，味苦，可以祛寒
湿、暖子宫。燃干艾，可以驱蚊
蝇。对艾蒿的药用价值记载最早
的医学典籍是《黄帝内经》，历代
文献中有关艾蒿的药用或食用记
载也很多，甚至有许多诗赋也涉
及艾蒿。

艾蒿是一种具有多种药效的植物，
更是端午节风俗的主要角色之一。

艾蒿这种普通的植物之所以
能够被人们广为熟知，主要还是因为它在生活中所发挥的重要作用。

千百年来，每逢农历五月初五端午节这天，几乎家家户户都要
插艾蒿、挂菖蒲。人们把插艾蒿、挂菖蒲视为一个非常重要的习俗。

菖蒲为多年生草本植物，多为野生，也适合种植于房屋四周。
古人认为菖蒲是玉衡星散落人间化成的。菖蒲花主富贵，能使人延
年益寿。菖蒲的叶子像一把宝剑，将它悬挂在门楣上，据说鬼见之
不敢入内。

由此可见，在我国传统文化中，菖蒲和艾蒿一样，都是吉祥辟
邪之物。关于端午节门上插艾蒿、挂菖蒲的风俗，还流传着这样一

个故事。

传说唐僖宗年间，黄巢起义，杀富济贫。官府一边派兵镇压，一边造谣惑众，因此，老百姓对黄巢的起义军有很多误解，只要一听说黄巢来了，就急忙逃难。

这一年农历五月，黄巢的起义军攻进河南，兵临邓州城下。一天，黄巢骑马到城外勘察地形，只见一批批老弱妇孺涌出城外。他看见一个妇人背着包袱，一手拉着一个年纪小的男孩，另一只手却抱着一个年纪大一点的男孩。黄巢感到很奇怪，就下马问道："大嫂，你匆匆忙忙是要去哪里呢？"

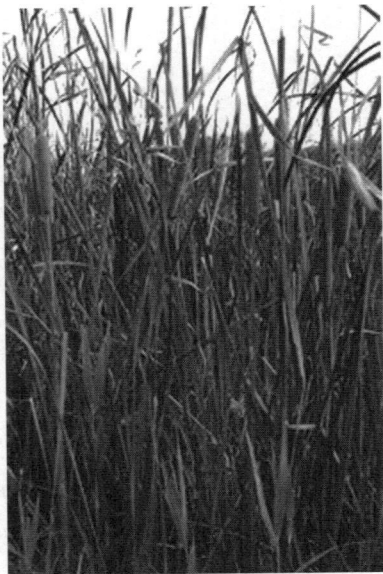

旧时，菖蒲不仅可以用来编蓑衣、打草鞋，还是端午节用来辟邪除恶的吉祥植物。

124

中国传统记忆丛书

图说老吉祥

那个妇人回答道："听说黄巢的军队就要攻进邓州城了。城里的男人都被征调去守城，我们老老少少只能趁早逃命。"

端午节这天，我国民间在门上插艾蒿、挂菖蒲的习俗已经流传了上千年。

黄巢指着她怀里的小孩问道："你为什么牵着小的，却怀抱大的呢？"

那个妇人回答："怀里抱的是邻家唯一的活口，手里牵的是我的儿子。万一情况危急，我宁可丢掉自己的儿子，也得为邻家留下这根独苗。"

黄巢听后深受感动，就对那个妇人说："大嫂，不要怕，黄巢专和官家过不去。你爱邻居的孩子，黄巢爱天下的百姓。"黄巢见路旁长满艾蒿、菖蒲，就顺手拔了两棵给她，说："有艾不杀！大嫂，你快回城去，暗暗传话，让穷人门上都插上艾蒿、挂上菖蒲。有了这个记号，就不会被伤害。"

这位妇人赶忙返回城里，转告穷人家都在门上插上艾蒿、悬挂菖蒲。第二天恰好是端午节，起义军攻进邓州城，杀了贪官污吏、土豪劣绅，开仓分粮，百姓欢呼。

为了纪念这件事，此后每到端午节，人们都要在门上插艾蒿、挂菖蒲，一直流传到今天。

端午节，除了插艾蒿、挂菖蒲之外，还有不少习俗与艾蒿有关。有些

过去，每当端午节来临之际，就会出现一些应景售卖艾蒿和菖蒲的小贩。

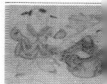

地方，人们以五彩花布缝制成各种式样的小荷包，在里面塞上艾叶，然后将荷包佩戴在小孩胸前，以驱除五毒。因为"艾"与"爱"谐音，大人将它佩戴在孩子身上，表达对孩子的疼爱与祝福。

还有些地区，人们用糯米和鲜艾叶汁做成青团食用。这种艾团，色泽青翠可爱，软糯可口，清香宜人。

当然，不论是佩戴丈叶荷包，还是食艾团，都因为艾蒿是一种吉祥的植物，能够给人们带来平安和福运。

吉祥瑞草：灵芝

灵芝的形象，在古代的各种民间工艺作品中几乎都能看到。这是一只清代的窑变灵芝瓷瓶。

灵芝，又名"灵芝草""木灵芝""三秀"等。自古以来，灵芝就被认为是吉祥、富贵、美好、长寿的象征。在我国民间传说里，灵芝有起死回生、长生不老的功效，故而又有"仙草""瑞草"之美誉。

灵芝一直被作为一种珍贵的药材使用，具有益心气、安精魂等功效。我国现存最古老的中药典籍《神农本草经》里，共记载了 365 种中药，分为上、中、下三品，在上品的 120 种中药里，灵芝的排位高于人参，为上上药。

自汉代以来，服食灵芝追求长生的思想日渐增长。这一点，从汉代的乐府诗里能够得到印证。如《长歌行》中写道："仙人骑白鹿，发短耳何长。导我上泰华，揽芝获赤幢。来到主人门，奉药一玉箱。主人服此药，身体日康强。发白复又黑，延年寿命长。"

据传，汉武帝的时候，因为皇宫年久失修，屋檐上长出灵芝样的东西。负责掌管后宫后勤的官员为了推卸责任，对汉武帝说这是因为皇帝功德无量，所以上苍赐福，长出灵芝来。

汉武帝听了之后非常高兴，于是就下令进贡灵芝。从那时候起，社会上便兴起了采灵芝、进贡灵芝的热潮。

隋、唐时期伟大的医学家孙思邈整理完成的《千金要方》博大精深，被誉为我国历史上第一部医学临证百科全书。孙思邈医病学医，他从35岁起开始服用野生灵芝，传说他活到141岁无疾而终。

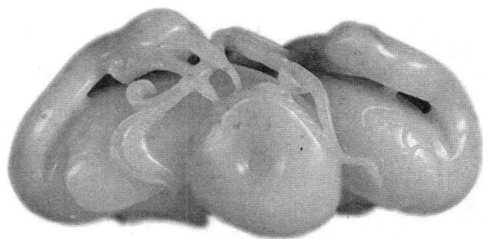
一对有灵性的仙鹤，喙衔瑞草灵芝，使这枚雕刻于明代的白玉佩有了多重的吉祥寓意。

我国民间自古就有很多关于灵芝的传说，灵芝被认为是通灵的圣物。灵芝颜色鲜艳、形状优美，传说它是瑶姬的化身。瑶姬是炎帝最小的女儿，为拯救万民摆脱疾病的痛苦，她自愿献身，化为瑞草灵芝。从此，世间就有了神奇的灵芝。

《白蛇传》是我国民间家喻户晓的一个神话故事。苦修千年得以化为人形的白蛇白素贞，与妹妹青蛇在断桥邂逅书生许仙，并萌生爱意。青蛇从中传情达意，白蛇与许仙终成眷属。

适逢端午节，家家都喝雄黄酒驱邪。许仙劝白素贞也喝一杯。白素贞勉强喝了一杯，结果现出原形。许仙恐惧至极，猝死。为了救许仙，白蛇和青蛇大战护仙仙童，求得灵芝仙草。许仙服用千年灵芝之后，才得以生还。

白娘子盗灵芝草的传说，曾令无数人为之感动和着迷。

关于灵芝的传说，我国民间流传着许许多多，它们为灵芝笼罩上一层神奇的光芒，使其显得愈加富有灵性。上至帝王将相，下至平民百姓，都崇拜和信奉灵芝。

灵芝作为我国特有的吉祥物，在民间的影响极为广泛和深远。自秦汉以来，灵芝一直是石刻、雕塑、绘画等艺术作品的重要题材。根据史料记载，隋唐和五代时期的文官服饰纹样就有"鹤衔灵

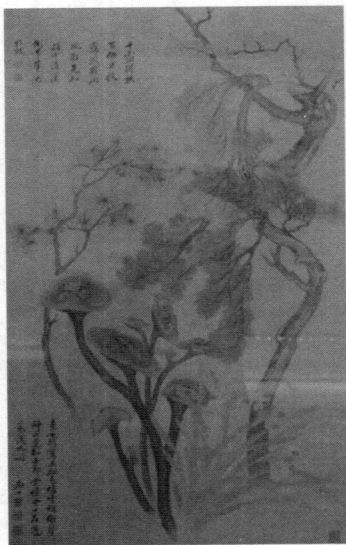

旧时每逢春节，许多人家都要悬挂《五瑞图》，以求全家在新年里年丰人寿，吉祥如意。

芝"或"鹊衔瑞草"。

在古代的丝织品、瓷器、剪纸或其他装饰物上，经常可以看到由灵芝构成的图案。古建筑的部件，如梁、柱、栏等，无论是木质的，还是石质的，常常以灵芝作为装饰图纹。天安门前的华表上面也有灵芝图案。

在灵芝菌盖的表面，有一轮云状环纹，被称为"瑞征"或"庆云"，是吉祥的象征，后来通过人民群众的美化演变成"如意"的一个主要造型。丰富多彩的灵芝文化，体现了我国人民追求吉祥富贵、平安幸福的美好愿望。

祈子佳果：枣、花生、桂圆、莲子

枣、花生、桂圆和莲子，是我国民间最为常见的吉祥干果，被人们赋予浓浓的美好寓意。

红通通的大枣，寓意着生活红火、甜美，也是年俗当中最受人们喜爱的一种干果。每当到了腊月，在热闹的集市上除了红红的春联和喜烛，最能勾起人们喜悦情怀的，就是那些出售大枣的摊点。人们用大枣来蒸枣馍、枣山，年糕和豆包上面也嵌有大枣。甜美的大枣，为年节增添了许多吉祥的气息。

多子多福，是我国民间信奉已久的一种观念，因此也形成了许许多多与之相关的习俗。

花生这种干果充满了吉祥的寓意，图为瓷塑的坐花生娃娃。

花生，俗称"长生果"，象征着长寿、多福。因此，在老人或婴儿的庆生仪式上，花生是不可缺少的吉祥食品。同时，花生也寓意果实累累，事业有成。

桂圆，则有富贵美满、团团圆圆的象征意义。在我国民间传统吉祥图案中，桂圆的题材也较为常见。人们将喜鹊、三个桂圆

时至今日，在青年男女的新婚仪式中，很多地区仍然保留着以催生为目的的撒帐习俗。

和三个元宝组合在一起，寓意"喜报三元"或"三元及第"。这是在旧时送给参加科举的士子们最吉利的赠言。

枣、花生、桂圆和莲子还是传统婚姻习俗中必不可少的"利市果"。"枣"与"早"谐音，花生里有"生"字，"桂"与"贵"谐音，"莲"与"连"谐音，因此，这几种干果搭配在一起，便有了"早生贵子""连生贵子"的吉祥寓意。

与此同时，在我国民间的婚庆仪式里也有许多与它们相关的习俗。而在一些至今仍在沿袭的习俗中，它们仍然扮演着重要的"角色"。

在我国北方民间的婚礼习俗中，也有一种类似于南方"撒帐"的仪式。新婚夫妇在入洞房之前，从长辈妇女中选一位有威望者，手执托盘，盘中盛着这些祈子佳果，一边把干果撒向寝帐，一边唱《撒帐歌》："一把莲子一把枣，小的跟着大的跑。"以此祝福新人早生贵子，子孙满堂。

类似的讲究在各地的婚姻习俗中还有很多。枣、花生、桂圆和莲子在给人们奉献美味的同时，也把浓浓的喜悦与期盼融入每个人的心灵深处。

包纳百财：白菜

　　白菜，是我国民间最大众的蔬菜之一。尤其是在北方地区，白菜、萝卜和土豆是冬季的当家菜。

　　在古代，白菜被人们称为"菘"。这个名字很有意思，意味着白菜像松柏一样凌冬不凋。唐代以前，由于白菜的种植还不是很普遍，白菜在人们的眼里称得上是"精品菜"。

　　而今，白菜在人们的餐桌上早已失去了昔日尊贵的地位，成为一种最为普通的蔬菜。但是，白菜在中国传统文化中的吉祥寓意却丝毫没有改变。

在琉璃白菜上面，蹲伏着一只红色的金蟾，使其吉祥纳财的寓意愈加丰富。

　　白菜与"百财"谐音，故而在民间，白菜有"包纳百财"的寓意。时至今日，我国不少地区的老百姓在过春节的时候，都要吃两道家常菜，即长叶的白菜和青菜，寓意天长地久、清清白白。

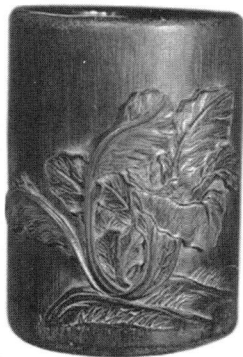

在古代文人的眼里，白菜是清白的象征。这是一件清代的雕有白菜图案的竹笔筒。

　　白菜作为中国传统文化的一部分，其吉祥寓意，在玉雕匠人的手中变得愈加丰富。不计其数的玉雕匠人创作了千姿百态的玉白菜。因为"玉"与"遇"谐音，玉白菜即'遇百财'，有招财、发财的美好寓意。

玉白菜不仅美丽，在我国民间还流传着很多动人的故事。

关于玉白菜，我国民间流传着许多美丽的传说。

传说在洱海水底生长着一棵硕大无比的玉白菜，那碧波盈盈、宛如无瑕美玉的湖水，就是从玉白菜的菜心一滴滴沁出来的玉液……

其实，无论在哪一个传说里面，玉白菜无不是美丽、清纯的化身。或许，这也是世人喜爱玉白菜的另一个主要原因吧。

第四辑 吉祥动物篇

仙风道骨：丹顶鹤

丹顶鹤是一种大型步禽，被人们冠以"湿地之神"的美称。它们主要栖息在沼泽、浅滩、芦苇塘等湿地，以捕食小鱼虾、昆虫和软体动物为主，也吃植物的种子和嫩茎等。它们善于奔驰飞翔，喜欢结群生活。

丹顶鹤性情高雅，形态美丽，素以喙、颈、腿"三长"而著称。它们直立时可达一米多高，看起来仙风道骨，被称为"一品鸟"，地位仅次于凤凰。

在我国民间传统文化中，人们习惯将丹顶鹤称为"仙鹤"。鹤，是吉祥长寿的象征。在古代，人们常把鹤、龟、松视为长寿之王。"鹤龄""鹤寿"和"龟鹤延年"，都是民间祝寿时常用的吉祥贺词。

在西汉淮南王刘安主持撰写的《淮南子》里面，有"鹤寿千岁，以极其游"的记载。唐代诗人王建在《闲说》中也有"桃花百叶不成春，鹤寿千年也未神"的诗句。

鹤，在中国传统文化中占有很重要的地位，它跟人的精神品格有着非常密切的关系。

鹤，雌雄相随，情笃而不淫，具有很高的德性。因此，古人多用翩翩

"松鹤延年"的图案，是吉祥长寿的象征。这是一幅清代的民间绣品。

明、清两代，文官一品官服上的补子图案均为鹤。

然、有君子风度的白鹤比喻具有高尚品格的贤能之士，并把修身洁行而有时誉的人称为"鹤鸣之士"。

关于鹤，我国民间流传着这样一个故事。

相传晋代大书法家王羲之晚年时，谢绝会客，闭门在家读书写字。有一天，他的儿子王献之来到鉴湖岸边，迎面遇见一位僧人。僧人对他说："贫僧这里有一封信，请你转交给令尊大人。"

王献之回家后，把信交给了父亲。王羲之拆开信后，只见上面写道："端阳正午，乘鹤归府，断尽烦恼，拜见王母。"

王羲之便问儿子："今天是什么日子？"

王献之答道："今天是五月初五。"

王羲之高兴地说："到时候了。"说完，他便朝鉴湖走去。岸边有一只白鹤朝王羲之走来，然后趴在他的面前。王羲之骑了上去，而后白鹤展翅朝空中飞去，跟随在他身后的王献之看着父亲驾鹤升

"鹿鹤同春"谐音"六合同春"。这是清代杨柳青年画作品。

天而去。从此以后,人们常把德高望重的人逝世敬称为"驾鹤西游",并沿用至今。

鹤的身姿清雅高洁,经常出现在民间艺术作品中。譬如鹤和松画在一起,称为"松鹤长春""鹤寿松龄";鹤与龟画在一起,其吉祥寓意是"龟鹤齐龄""龟鹤延年";鹤与鹿画在一起,称为"鹤鹿同春",又因"鹿"与"六"谐音,"鹤"与"合"谐音,故而又称"六合同春"。所谓"六合",是指"东、西、南、北"四方与"天、地"。

"六合同春"意在颂扬春满乾坤、万物滋润的美好情景。"六合同春"的吉祥图案,在我国民间艺术作品中还有一种组合方法,就是将鹤、鹿与梧桐画在一起。

有寿星造型出现的地方,大都少不了它的最佳搭档——鹤。众仙拱手仰视寿星驾鹤的吉祥图案,被称为"群仙献寿"。鹤立潮头岩石的吉祥图案,被称为"一品当朝"。两只鹤向着太阳高飞的图案,则寓意高升。

丹顶鹤,作为我国民间的一种吉祥动物,至今仍有着深远的影响。

鹤与牡丹组成的图案,有"富贵长春"的寓意。这是赫哲族的鱼皮画作品。

百鸟之王：孔雀

孔雀，古称"孔爵""孔鸟"，被视为"百鸟之王"。孔雀，有绿孔雀和蓝孔雀两种。蓝孔雀还有两个突出的变种，即白孔雀与黑孔雀。

雄鸟的羽毛非常美丽，尤其是孔雀开屏时极为艳丽，就像一把绚丽多彩的扇子。雌鸟没有尾屏，羽毛颜色也比较单一。

在我国传统文化中，孔雀被认为是吉祥、善良、美丽和华贵的象征。很久以前，人们便将孔雀视为珍禽异鸟而进行畜养。它们美丽的羽毛，被人们用来装点、美化生活。人们用孔雀的羽毛编织成扇子，称为"孔雀扇"，赏心悦目。古人还以孔雀羽毛织裘，称为"孔雀裘"。

在古代，孔雀被称为"文禽"，因为它不仅翎羽光彩艳丽，而且很有德行。过去，人们把孔雀的纹图称为"天下文明"，用处极广。在明代官服的补子纹饰中，文官三品即为孔雀。清代的官员，以孔雀花翎为冠饰，有三眼、双眼、单眼之分。清代初期，孔雀花翎只赏给朝中的贵族大臣，后来逐渐普及，但仍然

在中国传统吉祥图案里，竹子和孔雀组合在一起，有"春风满林""和鸣乐舞"的寓意。

只有五品以上的官员才可以佩饰单眼花翎。因而，孔雀花翎便成为权势的象征。

自古至今，孔雀在艺术、文学和宗教方面久负盛名。在我国民间常见的吉祥图案中，有在珊瑚瓶中插孔雀花翎的图案，称为"翎顶辉煌"或"红顶花翎"，寓意"官运亨通""加官晋爵"。而以雌雄孔雀组成的各种吉祥图案，又有"夫贵妻荣""恩爱同心"的寓意。

传说孔雀开屏有特定的时间，因此，孔雀开屏被视作祥瑞之兆。在我国民间艺术作品当中，"孔雀开屏"是一个非常多见的题材，寓意"吉祥太平"。

孔雀的花翎，曾经是清代官员身份与地位的象征。

在我国民间传统家具当中，就有一种彩绘孔雀的屏风，被称为"孔雀屏"。在五代刘昫、张昭远等人撰写的《唐书》里，记载了一件与"孔雀屏"有关的趣事。

传说唐高祖李渊的妻子年轻时才貌非凡，其父母为求得贤婿，便在门屏上画了两只孔雀，声称：谁能在百步之外射中孔雀的眼睛，

在中国传统文化中，孔雀开屏被视为祥瑞之兆。这是北京民间工艺的花丝镶嵌作品。

就把女儿嫁给谁。然而，上百位求婚者中无一人中的，只有李渊两箭各中一目，最终抱得佳人归。因此，后世也常以"雀屏"来比喻择婿。至今，在人们经常使用的新婚喜联中，仍有"屏中金孔雀，枕上玉鸳鸯"的吉祥佳句。

在佛经中，孔雀被视为吉祥鸟。相传佛在550次修炼

蔚县剪纸艺人创作的染色孔雀，充满和谐与吉祥的色彩。

轮回中，曾轮回为孔雀身。据佛经故事《孔雀王》记载，孔雀是神鸟，它在沐浴时，总要抖落羽毛上的水珠。水珠落在人的身上，就能健康长寿；落在家禽的身上，就能六畜兴旺；落在地上，就能五谷丰登。

在我国云南的傣族居住区，每当佛教节日和年节庆典来临时，人们祈求吉祥，都要表演民间传统的"孔雀舞"。在种类繁多的傣族舞蹈中，"孔雀舞"是人们最喜欢、最熟悉的舞蹈之一。关于"孔雀舞"的起源，还流传着一段优美的传说。

传说在很久以前，孔雀的羽毛并不像现在这样五光十色，羽翎上也没有美丽的"圆眼"。

一次，佛祖下凡。为了得到佛光的普照，虔诚的信徒们蜂拥赶到寺院，把佛祖围得水泄不通。有一群栖息在天柱山上的孔雀，得知佛祖下凡的消息后，也急忙飞往寺院。可惜它们迟到了，无法接近佛祖，在人群外急得团团转。

最后，它们决定在人群外摆开舞场，迎着神圣的佛祖展开尾屏，并舞蹈起来。人们的眼光都转向了它们，并不约而同地为它们伴奏。

佛祖被它们的虔诚之心打动，便向它们投去一束佛光。孔雀的羽毛顿时变得光彩照人，根根羽翎刹那间点缀上了镶有金圈的"圆眼"。随后，孔雀们来到佛祖身边，把五光十色的孔雀翎敬献给了佛祖。

从此以后，"孔雀舞"便代代相传，至今不衰。

"孔雀舞"的故事使孔雀身上的吉祥色彩愈加浓厚，美丽的孔雀，也成为我国传统吉祥文化中一道不可缺少的风景。

比翼双飞：鸳鸯

鸳鸯，是一种深受人们喜爱的吉祥鸟。鸳鸯总是一雄一雌，相随相伴，因此，鸳鸯在人们心目中便成为永恒爱情的象征。

以鸳鸯为题材的吉祥图案，在汉代之前就已经出现了。在我国民间常见的剪纸、年画、刺绣、雕刻等艺术作品中，鸳鸯的形象更是深入人心。尤其是在新婚夫妻的洞房里面，鸳鸯和"囍"字图案成为最具代表性的装饰图案，新人用的被褥和枕头也称为"鸳鸯被""鸳鸯枕"。

鸳鸯，是美满爱情和夫妻恩爱的象征。

鸳鸯图案至今仍广泛用于结婚用品的装饰，如梳妆镜、脸盆、枕套、手帕等，几乎都绘有鸳鸯的图案。

象征着忠贞爱情的鸳鸯，以其独特的神韵和对配偶的痴情精神赢得了人们的青睐。我国民间流传着许多以鸳鸯为题材的、歌颂纯真爱情的美丽传说。

相传在2000多年以前，晋国大夫洪辅告老还乡后，大兴土木，开辟林苑，并请了一位名叫怨哥的年轻花匠为其种植花草。

有一天，怨哥正在花园里为花草培土，忽然听到附近的莲池内有人惊呼"救命"。他飞身跑了过去，奋不顾身地跳入莲池，将一年

过去，人们在筹备新人婚礼的时候，一般都会在窗户或家具上贴上鸳鸯和"囍"字剪纸。

轻女子救起。这个落水的女子，正是洪府的千金映妹。从此，映妹喜欢上了这个长相俊朗、为人忠厚的年轻花匠。她经常偷偷跑到花园来，与怨哥见面。

洪辅发现后勃然大怒：堂堂一国大夫的千金怎么能嫁给一个卑贱的花匠呢？于是，他暗中陷害怨哥，并把他关了起来。

晚上，映妹偷偷去探望怨哥，并送给他一件五彩宝衣。洪辅知道后，恼羞成怒，命人将怨哥缚石坠入莲池。映妹得知后，痛不欲生，也纵身跳入了莲池。

第二天清晨，怨哥和映妹的灵魂化身为两只奇异的鸟儿：雄的五彩缤纷，雌的毛色苍褐。不论严寒酷暑，不论日晒雨淋，两只鸟儿总是亲昵地依偎着，形影不离。人们为它们取名叫"鸳鸯"。后来，鸳鸯便成了坚贞爱情的象征。

在宋代文人黄休复撰写的《茅亭客话》一书中，则记载着这样一个故事。宋太宗至道二年（996 年），有个名叫章子朋的书法家，乘船沿岷江北上。此人身怀一种绝技，会用小弩发射弹丸，而且百发百中。当船行驶到青神县停靠时，他看见有两只鸳鸯在岸边嬉戏。于是，他取出小弩，打死了雄鸟并捞上来在船上烹煮，欲作为下酒之菜。而那只雌鸳鸯，却在空中不停地盘旋。当它看清自己的伴侣已在锅中时，竟不顾热

这是北京花丝镶嵌艺人，采用现代工艺制作的"鸳鸯戏水"插屏。

汤沸腾，飞身投入锅中。

鸳鸯，作为吉祥物，自古以来，就有无数文人墨客为之抒怀。因此，关于鸳鸯的诗词简直数不胜数，如唐朝李白有诗云"七十紫鸳鸯，双双戏亭幽"，孟郊有诗云"梧桐相待老，鸳鸯会双死"，等等。

在古今婚联中，以鸳鸯入联的也非常多，比如"鸳鸯比翼，夫妻同心"，"鸳鸯相戏水色美，琴瑟谐弹福音多"等婚联，在今天的婚庆礼仪中仍被广泛使用。

以鸳鸯为素材的吉祥图案也很多，如鸳鸯和莲花组合在一起，称为"鸳鸯贵子"；鸳鸯和长春花搭配，称为"鸳鸯长安"或"鸳鸯长乐"；鸳鸯在荷池中顾盼嬉游，称为"鸳鸯戏荷"或"鸳鸯喜荷"。

鸳鸯，这种吉祥的动物，不仅为我们带来爱情的感动，也为我国传统吉祥文化增添了许多浪漫的色彩。

喜气临门：喜鹊

喜鹊，是非常具有人缘的一种鸟类。它们喜欢把巢筑在民宅旁的大树上，在居民点附近活动。自古以来，喜鹊就深受人们的喜爱，是好运与福气的象征。

在古代，喜鹊曾被称为"神女"，因为它们具有预先感知的神奇本领。据说，喜鹊能够感知到太岁星的方向，鹊巢的开口总是背对着太岁星。

这是一件清代的粉彩梅鹊盘，一群喜鹊在含苞欲放的梅花丛中快乐地鸣叫，有喜事连连的寓意。

喜鹊在汉代叫"干鹊"，或许是源于它们厌恶阴湿天气，喜欢晴天的习性。远方的客人一般不会雨天上路，天晴时来的可能性比较大。而喜鹊又喜欢在晴天的时候快乐鸣唱，这种巧合可能就是俗谚"喜鹊叫，客人到"的由来。

古代交通不便，又没有现在便利的通信条件，远道客人突然到来，常会使人喜出望外，而喜鹊报喜便显得弥足珍贵了。

在我国民间，至今还有这样一种观点：人们出门办事，如果听到喜鹊鸣叫，就会认为是一个好兆头，此次行事一定会顺利。于是，喜鹊在人们的心目中成了能够预测喜事的"灵鸟"。

张鷟在其撰写的《朝野佥载》中记载了这样一个故事。唐代贞观年间，有个名叫黎景逸的人，他家门前的树上有一个喜鹊巢。他经常拿食物喂那些喜鹊，久而久之，人鸟之间就有了感情。后来，黎景逸被冤入狱。突然有一天，他喂食的喜鹊飞来，停在狱窗前欢叫不停。他暗暗思忖，或许有好消息要来了。果然，三天后，他被无罪释放。

喜鹊作为一种吉祥之鸟，能够被人们广泛地接受，还与我国民间传统的七夕节有着密不可分的关系。

传说，相亲相爱的牛郎、织女被王母娘娘用金簪划出的浩瀚天河隔在两岸，只能相对哭泣。他们的忠贞爱情感动了喜鹊，于是，成千上万只喜鹊

牛郎织女的传说，不知道感动过多少代人，从而成为中国神话传说的经典。

飞来，搭成鹊桥，让牛郎、织女走上鹊桥相会。对此，王母娘娘也很无奈，只好允许他俩每年农历七月初七这天在鹊桥相会。

从此，"搭鹊桥"一词也成为为美好婚姻牵线搭桥的象征。而喜鹊兆喜，也就不言而喻了。同时，人们很容易把喜鹊成双成对的生活习性和"鹊桥相会"的神话传说，以及"比翼齐飞""琴瑟和谐"联系起来，从而形成了夫妻团聚的意象。而这种意象的诞生，也促使了七夕节这个中国独有的传统节日的形成。

喜鹊报喜，兆示吉祥，预示着心想事成后的欢喜。在这些观点的影响之下，喜鹊便成为古代人们崇拜的吉祥物。因此，在我国民间也衍生出许多关于喜鹊的吉祥文化习俗。

在我国民间常见的吉祥图案中，经常会见到喜鹊的身姿。

"喜鹊登梅"图案伴随着古人的美好祈愿，流传至今。

一只喜鹊和一只豹子组合在一起，称为"报喜图"；一只獾和一只喜鹊在树下树上对望，称为"欢天喜地"；喜鹊和莲花绘在一起，寓意"喜得莲科"；两只喜鹊面对面地鸣叫，称为"喜相逢"；双鹊中加一枚古钱，称为"喜在眼前"；等等。

流传最广的则是"喜鹊登梅"，又称"喜上梅梢"。在农家的喜庆婚礼仪式中，人们乐于用"喜鹊登梅"的剪纸来装饰新房。

"喜鹊登梅"也是中国画中非常多见的题材，即两只喜鹊站立在梅花枝头上。两只喜鹊即为"双喜"，"梅"与"眉""楣"谐音，借喜鹊登在梅枝上寓意"喜上眉梢""喜上楣梢""双喜临门""喜报春先"。另外，人们还喜欢将喜鹊、竹子和梅花绘在一起，用来祝颂新婚夫妻欢乐吉祥。

喜鹊报的喜，往往是人们期望的好事，所以人们才普遍认为鹊鸣预示着吉祥、喜庆和美满的到来。喜鹊报喜，反映出了民间大众平实质朴的祈福心理，表达了人们美好的愿望。

和谐温暖：燕子

一身乌黑的羽毛，一对俊俏轻快的翅膀，加上剪刀似的尾巴，这就是机灵可爱的小燕子。燕子，很早就存在于人类记忆中，与人类生活有着极为密切的关系。

传说，在远古的黄河之滨，中原的天空是那么的蔚蓝，阳光是那么的明媚，一只"玄鸟"（燕子）唱着歌，从遥远的空中飞来。它是上天的使者，给人们带来无穷无尽的遐想。那些原始部落的先人们，都对它顶礼膜拜。

后来，一个名叫简狄的女人，吞服下"玄鸟"的蛋之后，生了一个儿子，名叫契。契，就是商之始祖。这就是"玄鸟生商"的美丽传说。

燕子是典型的迁徙鸟，在春分前后北归。繁殖结束后，幼鸟仍跟随成鸟活动，并聚集成大群。在第一次寒潮到来之前，开始南迁越冬。

早在几千年以前，人们就已经知道燕子秋去春回的迁徙规律。自古以来，人们就乐于让燕子在自家的房屋前筑巢，并视为吉祥、福气的象征。

过去，经常会听老人这样说："谁家的燕子窝最多，谁家就最兴旺。"燕子，是一种吉祥的生灵，几乎没有人不喜欢它们。

燕子是一种不喜欢单飞的鸟儿，

传说，玄鸟（燕子）是商族人之始祖。这是战国时期的一件玉雕玄鸟。

常常是双栖双宿。因此，人们在生活中喜欢以"燕侣"或"燕燕于飞"来形容夫妻情深。

相传，燕子于春天社日北来，秋天社日南归。因此，燕子一直被视为春天的象征。在南北朝时期，家家户户都要在立春这一天，用彩绢剪成燕子的形状，佩戴在身上。同时，人们也会在门上贴上"宜春"的帖子，以此来象征春回大地。

古老的祭祀方式虽然有许多要摒弃的地方，但也有值得传承的部分，而蒸制"子推燕"便是一个非常有意义的习俗。

相传在春秋时期，晋国公子重耳复国后，为了逼隐居的名士介子推出山辅佐他治理朝政，便放火烧山。结果弄巧成拙，介子推母子被烧死在一棵大柳树下。晋文公为了悼念介子推，下令禁火

春燕剪柳，是春回大地、和谐温暖的象征。

寒食，遂有了寒食节。

百姓为了纪念介子推，就用面粉和着枣泥，捏成燕子的形状蒸熟。然后，用杨柳条串起来，插在门上召唤介子推的魂灵。后来，这个习俗就逐渐演变成了感念祖先恩德，祈求富裕、美好生活的一种仪式。

"莺歌燕舞"，是人们用来形容欢乐升平景象的一个成语。因为燕子是春天的标志，所以燕舞表现出春天勃勃的生机。

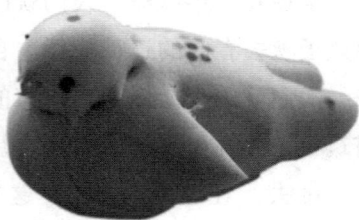

在寒食节到来时，我国民间许多地方有蒸制"子推燕"的习俗，人们用面燕来纪念介子推。

中国传统记忆丛书

圖说
老吉祥

在古人眼里，燕子除了代表春色美好的太平时节和夫妻恩爱和谐之外，还是一种功名的象征。故而，以杏花和燕子组合构图，与以杨柳和燕子组合构图的寓意有很大的区别，前者代表"金榜题名"，后者则代表"婚姻和谐"。于是，"杏花春燕图"就被人们专门用来祝福士子们取得科举的成功。

由燕子想到春天，再由春天想到良辰美景和生育，于是我国民间便出现了一幅最为常见的吉祥构图，即"春燕剪柳"。在剪纸、年画、刺绣等民间艺术作品中，"春燕剪柳"的构图频频出现。这一吉祥图案，寓意燕子把春天留住，更代表着夫妻恩爱和谐。

"杏花春燕"，是古代学子梦想中的风景，在现代的一些工艺作品中仍是很常见的吉祥装饰图案。

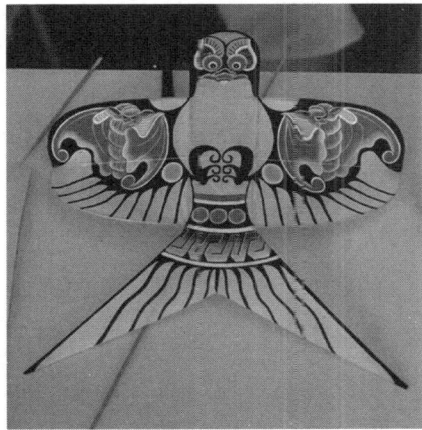

人们喜欢燕子，还扎制出燕子形状的风筝，在春天将其放飞到空中。

燕子，不仅仅是一种自然意象，还早已成为中华民族传统文化的一种美好象征，寓意着温暖、美好、和谐和自由。它是上苍对人们最美丽的馈送之一，所以永久地存在于人们的文化记忆里。

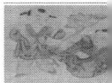

镇邪除凶：狮子

在我国民间传统文化中，狮子属于舶来品。狮子的原产地是非洲、中亚和南亚等地。汉武帝时期，张骞出使西域，打通了中国与西域各国的交往，狮子才得以进入内地。狮子的出现，在当时的国都长安曾引起了不小的轰动。

从此，这位远道而来的"客人"开始走入中国人的民俗生活。它不仅受到国人的礼遇，而且被尊称为"瑞兽"。

东汉时期，佛教开始盛行，而佛教以狮子为灵兽。随着佛教的兴盛，与之相关的狮子信仰及狮子形象也走进寻常百姓的生活。

早期民间艺术作品中的狮子形象，是以镇物面目出现的。人们希望以狮子"百兽之王"的威猛，阻吓四面八方的邪魔鬼怪。因而，这一时期的狮子形象，更多地出现在陵墓、庙宇之中，以发挥其驱祟避邪的镇物作用。

汉代的狮子雕像，身上多生有双翼，显得古拙而神奇。隋、唐时期，狮子的雕像日趋写实，体魄雄伟，工艺精巧，狮子的艺术造型出神入化。宋代以后，狮子造型渐趋秀丽、

自古以来，狮子就被人们视为瑞兽。这幅杨家埠年画，有吉祥进门、财富到家的寓意。

雅致。到了清代末期，由于朝政腐败，就连艺术作品中的狮子也尽显温顺柔媚之态，失去了原有的雄伟之姿。

那么，狮子是何时走向民间，成为守卫大门的神兽的呢？这种习俗，大约形成于唐、宋时期。在此期间，许多宫殿、府第、寺院，甚至富贵人家的住宅，都设置石狮子守门。后来，人们在门楣、栏杆、檐角等建筑部位，也雕刻上各式各样的狮子形象。这些狮子的形象虽然更多是为了建筑装饰的需要，但仍不失驱祟避邪的意义。

北京故宫内的鎏金狮子。

守卫门户的石狮子的摆放是有一定规矩的。一般来说，都是一雄一雌、成双成对，而且一般都是左雄右雌，符合中国传统男左女右的阴阳哲学。摆放在门口左侧的雄狮，一般都雕成右前爪玩弄绣球或者两前爪之间放个绣球的形象；门口右侧的雌狮，则雕成左前爪抚摸幼狮或者两前爪之间卧一幼狮的形象。

石狮子在大门两侧的摆放，都是以人从大门出来的方向作为参照的。当人从大门里出来时，雄狮应该在人的左侧，而雌狮应该在人的右侧。在我国传统文化中，雄狮脚踩绣球，象征着庄严与力量；雌狮用左前爪抚慰小狮子，则象征子孙昌盛。

石狮子底座花纹的雕刻也很有学问。正面雕刻瓶、盘和三支戟，象征着"平升三级"；背面刻有"八卦太极图"，寓意"镇妖驱邪"；右面刻有牡

我国民间流传着很多以狮子为造型的玩具，这是一件布制狮子玩具。

丹和松柏，象征"富贵长春"；左面刻有文房四宝，象征"文采风流"。

狮子对我国传统文化的影响是多方面的。每逢元宵佳节或集会庆典，民间都以舞狮来助兴。这一习俗起源于三国时期，南北朝时开始流行，至今仍长盛不衰。

在1000多年的发展过程中，舞狮形成了南北两种不同的表演风格。北狮的造型酷似真狮，狮头较为简单，全身披金黄色毛。在表演时，一般是雌雄成对出现，由装扮成武士的"狮子郎"引领。舞狮者的裤子和鞋上都披着毛，从外形上看与真狮子非常相像。狮头上有红结者为雄狮，有绿结者为雌狮。北狮主要表现狮子灵活的动作，与南狮注重威猛不同。在舞动时，以扑、跌、翻、滚、跳跃、搔痒等动作为主。

南狮又称"醒狮"，造型较为威猛，舞动时注重马步。南狮虽然也是双人舞，但舞狮人下身穿灯笼裤，上身仅披着一块彩色的狮被而舞。和北狮不同的是，南狮的"狮子郎"头戴大头佛面具，身穿长袍，手握葵扇逗引狮子，动作滑稽风趣。

一般来说，南狮的狮头有三种，即有刘备、关羽、张飞之分。三种狮头，装饰不同，颜色不同，舞法也不同。

除了传统的"南狮"和"北狮"之外，由于地域不同和表演形式的差异，舞狮艺术形成了几十种独具特色的舞蹈形式。人们通过舞狮这一民俗活动，祈祷生活吉祥如意、事事平安。舞狮，将吉祥的狮子文化在民间发扬光大。

舞狮，是中国民俗传统表演中一个非常引人注目的节目。

威猛刚强：老虎

老虎，是中国传统文化中一个极为重要的组成部分。老虎是兽中之王，它威猛、坚强、勇敢。在人们心目中，老虎是驱邪避灾、平安吉祥的象征，而且还能保护财富。

大约在 5000 多年以前，老虎便与我国的民俗文化结下了不解之缘。虎图腾源自伏羲时期，且早于龙图腾。对于虎的崇拜，存在于各个民族宗教中。在道教中，老虎被视为天门的守护神。西王母和东王公，都是半虎半人的神仙。道教经典被称为"龙虎经"，炼的丹则称为"龙虎丹"。在佛教中，虎还被驯化，成为为宣传佛法服务的"禅虎"。

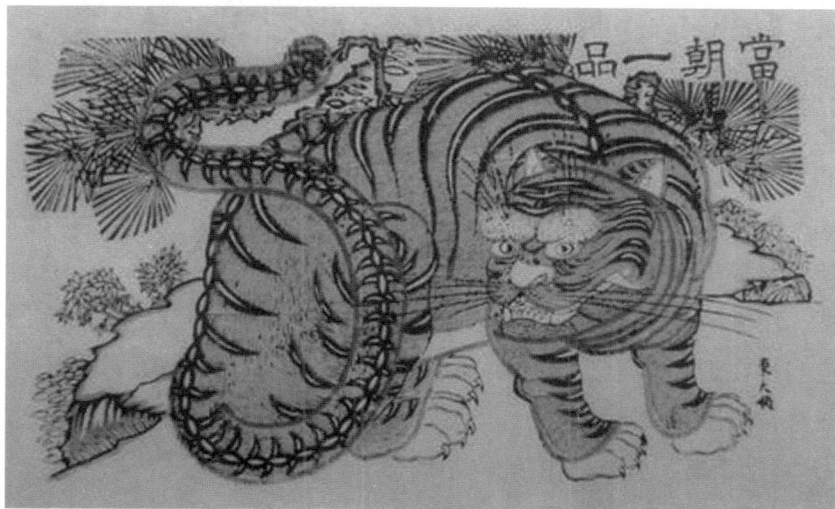

在我国民间传统观念中，老虎不仅能够驱鬼镇宅，还能够保护财富。俗谚有："镇宅神虎多清净，当朝一品封兽王。"

汉代的溺器虎子，就是以老虎为造型制作的。据说，虎子有为卧床老年人及病人祛除病疫的功能。

在我国民间，将老虎当成神来祭祀的习俗由来已久。早在周代，年终大祭时，就祭祀老虎。《礼记》中有"迎虎，为其食田豕也"的记载，古人认为老虎是农业生产的保护神。祭祀老虎，是因为它能吃祸害庄稼的野猪。

我国有好多少数民族崇拜老虎，并由此形成了各自不同的风俗。彝族人称虎神为"罗尼"，这是他们心目中最灵验、最崇高的神。虎神能够为他们消灾驱邪，可以保佑他们吉祥平安。他们把自己、家庭以及家族的幸福，都寄托在虎神的庇佑之下。

因此，在一些彝族人家的神龛上大都供奉着虎形祖灵，大门上挂着虎形辟邪，在村寨的路口设有形状像虎的石虎神。

在我国的民间传说里，人们相信老虎是极具威力的动物。它们能够驱除家庭的三大灾难，即火灾、失窃和邪恶。因此，很多人家都喜欢在室内的墙壁上张挂虎画。常见的虎画，有"下山虎"和"上山虎"之分。

"下山虎"多为饿虎扑食的姿势，常常配上雪景山石，突出虎威，用来镇宅避邪。此类虎画，应当挂在迎门墙上，借其凶猛的气势，镇住入侵的邪祟。

"上山虎"一般采用抬头望月的姿势，饰以松枝明月，显得宁静深远，寓意平安无事。此类虎画，应当挂在室内侧墙上，取其

民间张贴虎画，既有保家平安的寓意，又极富装饰性。这是武强传统年画《威震八荒》。

虎头鞋和虎头帽，是我国民间吉祥育子习俗中的两朵奇葩。

步步登高之意。

在我国南方地区，由于"虎"与"福"读音相近，因而虎又成为福的象征。譬如南方年画中的《五虎（福）图》便属于此类。

此外，北方的妇女还喜欢用大红纸剪出各种各样以老虎为题材的窗花，形象质朴可爱，贴于门窗、室内，营造出吉祥红火的气氛。

农历五月初五端午节，我国民间许多地区流传着给儿童佩戴"艾虎"的习俗。这一天，家长要用雄黄酒在儿童前额上画一个"王"字，并用五色线扎成虎形香包，给儿童佩戴上，以示驱除"五毒"（蝎子、蛇、蟾蜍、蜈蚣和壁虎）。

在传统民俗观念中，虎能驱邪，迎合了人们希望平安幸福的心理。许多崇虎的习俗，都贯穿在人们的日常生活中。譬如妇女怀孕之后，在枕旁放置小布老虎，希望腹中的孩子像老虎一样健壮可爱；孩子一出生，外婆家要送虎馍，给孩子戴虎项圈、盖虎被等；孩子会走路时，要戴虎头帽、穿虎头鞋，把孩子打扮成一只威猛的小老虎。

我国民间形成了许多以老虎为题材的手工艺品。而其中影响最大、流传最广的，当属虎头帽、虎头鞋和布老虎。

虎头帽和虎头鞋，是一

布老虎，既是有趣的玩具，又是长辈送给孩子们的真诚祝福。

山东民间的"四头虎"布玩具，淳朴可爱。

种利用民间插花、刺绣工艺制作而成的。其工序非常复杂，要经过剪、贴、插、刺、缝等几十道工序才能够完成。做一顶虎头帽，需要五六天的时间，做一双虎头鞋，也需要三四天时间。在虎头帽的两侧和后面，均可以绣上各式各样、丰富多彩的图案。既可以绣上荷花、梅花、石榴、桃子等吉祥植物的图案，又可以绣上蝴蝶、燕子、喜鹊、水鸟等吉祥动物的图案，看上去栩栩如生，十分漂亮。

布老虎的形式多种多样，有单头虎、双头虎、四头虎、子母虎、情侣虎、套虎等等，其制作工艺更是多姿多彩。有时，人们在布老虎里装上桃木屑，做成"乖乖虎"，保佑孩子一生平安；有时，人们把老虎的鼻子做成花瓶状，因花瓶寓意"平安"，故称之为"平安虎"，希望"平安虎"保佑家庭平安；有时，人们把老虎缝制成元宝状，在上面饰以鱼和铜钱图案，希望老虎帮其看护家财……

人们把威猛的老虎作为一种吉祥物加以崇拜，体现了我国劳动人民对平安幸福生活的强烈渴望与追求。

太平吉祥：象

象，是陆地上最大的哺乳动物，现在多生长于印度、非洲等热带地区。据史料记载，东周时期，我国长江流域、中原地区还生活着许多大象。现今，则仅在云南地区还生存着一些大象。

旧时，皇家专门豢养象群，用于仪仗和节庆表演，豢养、驯化、演练大象的地方则称为"象房"。北京最早的象房，始建于元代。

这件由两个童子抬着花瓶和一头大象构成的玉雕摆件，寓意"太平有象"。

那时，每一头大象都要经过驯象师严格的训练。它们不仅要学会各种礼仪，而且还要学会温顺、稳当地驾驭驮宝。作为皇家礼仪重要组成部分的大象，既给皇家增添了无比的尊严和神圣，又给京城的平民百姓带来了许多欢乐。

明、清时期，农历六月初六，是标志着盛夏已经到来的一个时令。这一天，不仅是人们洗浴、晾晒衣物的日子，也是皇家给大象洗浴的日子。大象在河水中自由喷水嬉戏，或是由驯象师给它们洗刷身体。

当时，对于一般的京城百姓来说，大象是一种极为新奇的动物，更何况是披着

牙雕大象背上驮着花瓶，里面插着古代兵器戟，在民间有太平吉祥的寓意。

瓷塑大象鼻卷如意，有吉祥如意的寓意。

皇家神圣光环的大象呢？

人们为了多沾得一些吉祥之气，都争先恐后地前往观看。久而久之，每年农历六月初六，北京老百姓观看"洗象"就成了一项民俗活动。

象，因其憨态可掬、淳朴忠厚的形象成为我国民间的吉祥动物。尤其是在我国传统文化中，因"象"与"祥"谐音，故而大象被赋予了更多吉祥的寓意。

人们视象，尤其是白象，为吉祥瑞兆。人们将大象的形象，绘制或雕刻到各种物件上面。如在商、周时期的青铜器上面，就已经出现了寓意吉祥的"象纹"。此后，"象纹"这一装饰图案，被广泛应用于家具、建筑等装饰上面。

象与其他吉祥物组合，衍生出更多的吉祥寓意。譬如象背上驮着宝瓶，称为"太平有象"；象驮着插戟（吉）的宝瓶，寓意"太平吉祥"；象驮如意或者鼻卷如意，则寓意"吉祥如意"等。

象在跪卧时，两条前腿呈匍匐状。"匍"与"福"谐音，"跪"与"贵"谐音，因此，人们认为跪姿的大象象征着"富贵"。

象，作为一种吉祥动物，至今仍深受人们的喜爱。

祥瑞仙寿：鹿

鹿，是世界上珍贵的野生动物。它们大都生活在森林中，以树叶和树芽为食。鹿的体型大小不一，雄鹿有一对角，会随着年龄的增长而长大，雌鹿没有角。

我国是世界上养鹿历史最悠久的国家之一，早在公元前 11 世纪，就有了驯鹿的记载。而在远古时期，鹿就成为人们崇拜的对象。

鹿是长寿的象征，因为在民间传说里，它是寿星的坐骑。

《山海经》中记载着一种名叫"鹿蜀"的怪兽，它长得马形虎纹，白头赤尾，其音如谣。人们披带它的皮毛，可以繁衍子孙。尽管这只是一种传说，但是鹿被幻化成一种灵兽，足见鹿在古人心目中的地位。

鹿与古人的生活关系极为密切。在古人的日常生活，甚至是社会政治活动中，鹿都占有非常重要的地位。商代时，鹿骨已被用作占卜，殷墟还曾出土过鹿角刻辞。

东周时期，楚墓中流行使用木雕镇墓鸟兽神怪，它们的头上都安装有真正的鹿角，形成了鲜明的楚文化特征。因为在当时的楚国人心目中，鹿角有神奇的法力，对死者在冥界生活能够起到某种保护作用。

在道教文化中，鹿被视为一种神奇的动物，是人升仙时的乘骑。

鹿与鹤组合成的图案，寓意"六合同春"，是过去民间砖雕装饰常见的题材。

因此，鹿在人们心目中的形象异常完美。在历代壁画、绘画、雕塑、雕刻、铜器、漆器中，都有不少以鹿或鹿纹为装饰题材的作品。

在我国民间传统文化中，鹿被赋予了很多美好的寓意。传说，千年为苍鹿，两千年为玄鹿，故而鹿乃长寿之象征。

"鹿"字又与我国民间三大吉星"福、禄、寿"中的"禄"字谐音，因此在以鹿为题材的不少吉祥图案中，经常用它来表示长寿和升官。

鹿和鹤都是我国传统文化中代表健康长寿的灵物。"鹿童"和"鹤童仙子"，都是老寿星南极仙翁坛下的高徒。

"鹿鹤衔芝"，是我国民间艺术作品中常见的吉祥图案。一只梅花鹿卧在一个大寿桃旁边，一只仙鹤站立在另一边，鹿、鹤共同衔一枚灵芝仙草，寓意延年益寿、健康吉祥、永葆青春。

鹿既代表着长寿，又跟"禄"字谐音，因此在民间被奉为"送贵子"的灵物。

万能之神：猴子

猴子为灵长目动物，通身透着机灵活泼，滑稽有趣。在中国传统民俗文化中，猴子像龙、虎一样，备受各族人民的喜爱和尊崇。

早在 3000 多年以前，古人就已经把猴录进了象形字。古代典籍《山海经》和《吕氏春秋》里称猴为"猱"，《抱朴子》中则称其为"猿"。

自古以来，猴子就是一种深受人们喜爱的动物。

中国古典名著《西游记》使孙悟空成为家喻户晓的正义与勇敢的化身。

"猴文化"在我国有着极其悠久的历史渊源。古典小说《西游记》中描述孙悟空从奇石中迸裂而出，带领群猴进入花果山水帘洞，被群猴奉为"美猴王"。后来，他拜菩提祖师为师学艺，法号"悟空"。

孙悟空搅乱王母娘娘的蟠桃盛宴，偷吃太上老君的万年金丹，大败十万天兵天将，自封"齐天大圣"。后来，他又

母孝猿白

"白猿孝母"，是启蒙孩子孝心的一个动人传说。这是凤翔年画艺人创作的年画作品。

不自量力地与如来佛祖斗法，被如来佛祖收服压在五行山下。500年后，孙悟空被唐僧救出，法号"行者"，故又称"孙行者"。

孙悟空会七十二变，可以变化成各种各样的东西，还能腾云驾雾。他有一双火眼金睛，能够看穿妖魔鬼怪的伎俩。他一个筋斗能翻十万八千里。他使用的兵器如意金箍棒是从东海龙宫抢来的，能大能小，随心变化。他保护唐僧西天取经，一路降妖伏魔，历经九九八十一难，取回真经，终成正果，被封为"斗战胜佛"。数百年来，孙悟空的艺术形象已经深入人心，成为正义与力量的化身。

猴戏，是中国民间艺术文化中一个极具特色的门类。据说，早在唐代就有了《白猿献寿》之类的猴戏。云蒙山白猿之母病重不起，白猿前往孙膑桃园偷桃被捉，跪地泣告。孙膑怜动物尚知孝母，便赠桃放白猿归山。猿母食桃后病愈，白猿为了报恩，将洞中所藏的兵书献给孙膑。最终，孙膑成为一代名将。

到了明、清时期，猴戏大量出现，如京剧《花果山》《闹龙宫》《闹地府》《盘丝洞》《借扇》《金刀阵》等。

在我国民间，猴子为什么会受到人们如此喜爱呢？这是因为，猴子与我国传统文化习俗有着非常密切的联系。

"猴"与"侯"同音，"侯"为我国古代的

寿山石雕"三不猴"，含有"非礼勿言，非礼勿听，非礼勿视"的寓意。

爵位之一。《礼记》中记载："王者之制禄爵，公、侯、伯、子、男，凡五等。"自此以后，五爵虽有变化，但历代都有侯爵。人们希望加官封侯，于是便赋予猴子一种吉祥、富贵的象征意义。

《封侯挂印》是清末凤翔年画。蜜蜂、猴和官印，构成了这幅年画的吉祥主题。

因此，当猴子的形象出现在民间艺术作品当中的时候，便拥有了一种更加深层的内涵。譬如，一只猴子骑在飞驰的骏马上，称为"马上封侯"；一只猴子骑在另一只猴子的背上，因为"背"与"辈"谐音，则寓意"辈辈封侯"；猴子手捧蟠桃，则表示"富贵长寿"。

猴子在我国民俗文化中几乎无处不在、无所不能，成为最大众的"万能之神"。过去，在陕西、甘肃、山西一带，几乎村村都有拴马的石桩。许多拴马桩的顶端都雕刻有石猴，称为"避马瘟"。很显然，这个名称与《西游记》中美猴王大闹天宫后，玉皇大帝为了安抚孙悟空封其为养护天马的"弼马温"有关。

"弼马温"一职是玉皇大帝正式任命的，尽管孙悟空在得知真相之后宁死不肯接受，且自动离职，但老百姓们还是喜欢把齐天大圣与马联系在一起。

在山西、内蒙古等地的农家炕头上，常有一个用青石雕刻的小石猴（也有炕头狮），是专门用来拴六七个月刚学爬行的幼儿的。母亲将一根红绳系在石猴腿部的圆孔上，另一头拦

弼马温是《西游记》中王帝授予孙悟空的官职，因其谐音"避马瘟"，民间认为它能保佑家畜平安。

腰拴住娃娃。据说，这样是为了让猴子保佑孩子健康平安，长大以后精明能干。当然，这样也可以避免孩子不慎摔下炕跌伤。

猴子神通广大，还有"祈雨""求子"等多种功能。总之，在人们的生活中，不论是炕头、墙头、码头、槽头，乃至寺庙的雕像和居民的建筑上面，都可以见到猴子活泼可爱的身影。猴子，已经成为我国民俗文化中一个不可忽略的组成部分。

忠诚高尚：牛

中国自古以来就是一个以农业立国的国家，牛则是一种与农耕有着密切关系的家畜。因而，人们对牛一直怀有一种特殊的情怀。

牛，是最早被人类驯养的六畜之一。在我国传统文化中，牛是忠诚高尚的符号、勤劳善良的象征。它们曾经也是先贤圣人的坐骑，比如黄帝服牛乘马、老子骑牛、孔子坐牛车周游列国等早已成为历史典故。

牛，还有镇妖驱邪、吉祥如意的寓意。在我国上古神话里面，

民间传说，古代圣贤老子的坐骑就是一头牛。老子骑牛出关，是紫气东来的象征。

大禹治水时，每治一处水患，必用一雄牛镇水妖。于是，后世便有了在河堤湖畔以铁牛、石牛镇水妖的习俗。这样一来，牛不仅是人们从事农耕的得力助手，也成为人们心目中吉祥的象征。

长期以来，人们对牛满怀深情，有关牛的神话、风俗等更是代代相传。牛郎织女的传说，就是一个催人泪下的仙凡苦恋的故事，同时也表现了古代社会男耕女织的生活面貌。千百年来，那头促成牛郎与织女姻缘的老牛，在人们心目中永远是温暖而高大的。

过去，我国各地还普遍流传着"鞭春牛"的习俗。立春是一年二十四节气中的第一个节气，表示冬去春来，大地复苏，到了农耕

在我国传统文化里面，牛既是勤劳的象征，又是镇妖驱邪的吉祥动物。

的时节。

据史料记载，自先秦时期起，每到立春之日，天子都要率领群臣到城郊举行迎春的仪式。到了北宋时期，在立春的前一天，京城开封府要向皇宫进献"春牛"（用泥土塑成的牛），各重要衙署也要置"春牛"于衙署门前，以示各级政府对农耕的重视。到了立春之日，便将置于皇宫及政府各衙署门前的"春牛"打碎，是为"打春"。市民们纷纷争抢被打碎的"春牛"残片，抱回家里，成为祛病、宜蚕、祈求丰年的吉祥物。

旧时，农村没有历书，民间的年画作坊入冬后会开印《春牛图》。《春牛图》有很多种类，不同地方的年画构图不同，但主题都是一样的。

年画上大都画一芒神，为一童子模样者，手持一短鞭，倚卧在牛身旁。图上印有一年二十四节气的月日表、"地亩经"等，供农家人耕作时按图上节气行事。

一幅《春牛图》，在人们心目中预示着丰收的希望。"春牛"是我国民间最常见的吉祥图案，也是千百年来一直为人们喜闻乐见、长盛不衰的绘画内容。象征吉祥的"春牛"也成为彩塑、

在过去，《春牛图》是我国北方民间影响最大的年画，几乎家家都要张贴。

剪纸、刺绣等民间艺术作品中常见的题材。

前程似锦：马

中国是世界上马文化历史最悠久的国家之一。在我国的文化、艺术以及人们的生活、生产中，马占据了很重要的地位。

早在 4000 年前，我们的先人就已经利用马来驾车。在殷商时期，便开始设立马政，这是世界上最早的马政雏形。

我国民间以马为造型的玩具很多，这是浚县的泥咕咕，是一种可以发声的泥哨。

秦、汉时期，已经建立起了比较完整的马政机构，大规模经营马场。唐朝时，政府曾在西北边区养马 70 多万匹，在经营管理上比前代也有了较大的改进。当时的唐朝政府还从西域引入数千匹良马，借以改良军马。养马业的兴起，不仅对国防起到了重要的巩固作用，还进一步加强了中原和西域文化的交流。

随着养马业的发展，历朝历代积累下了丰富的养马经验。早在周代的时候，就出现了善于养马的非子、善于赶车的造父。他们都名入史册，并流传后世。

春秋战国时期，涌现出了很多相马家。由于各家判断良马的角度不同，便形成了各种不同的相马流派，为我国古代相马学奠定了坚实的基础。赵国的王良、秦国的九方皋等，都是当时的相马高手，尤为出名的是秦穆公的监军少宰孙阳。世人敬仰孙阳的选马技术超群，称其为"伯乐"。他根据自己的切身经验撰写的《相马经》，是

明代青玉雕"马上封侯"，寓意加官晋爵，步步高升。

世界上最早的相马著作，一直流传至今。

在古代，养马数量的多少不仅仅代表着财富，而且还是一个国家军事实力的象征。在我国传统文化里面，马的吉祥寓意非常广泛。因此，马的形象几乎出现在所有的民间工艺作品中，以马为主题的吉祥图案更是丰富多彩。譬如，在马背上放一个元宝或五帝钱，象征"马上发""马上有钱"；马背上骑一只猴子，则为"马上封侯"，寓意加官晋爵，步步高升，大吉大利。

在众多与马有关的吉祥寓意作品当中，"八骏图"题材的应用尤其广泛。

由八匹骏马构成的"八骏图"，寓意马到成功。

相传，该吉祥图案中的"八骏"为周穆王的御驾坐骑，分别是赤骥、盗骊、白义、逾轮、山子、渠黄、华骝和绿耳。

八匹马形态各异，飘逸灵动，均为世间不可多得的良马。在我国民间的吉祥文化中，"八骏图"具有马到成功、前程似锦的美好寓意。

机智谨慎：兔子

苏绣艺人刺绣的兔子，样子十分乖巧可爱。

种祥瑞的动物，这与传说中的嫦娥有着密切的联系。相传在广寒宫（月宫）里，居住着嫦娥、伐桂的吴刚和捣药的玉兔。这只神奇的玉兔总是拿着玉杵在不停地捣药，然后将药粉制成"蛤蟆丸"。据说服用此药丸之后，可以长生不老。久而久之，古人便以"玉兔""兔魄"来代称月亮，以"兔影"来代称月影。

兔子，是哺乳类动物，耳朵因品种不同有大有小，上唇中间分裂，是典型的三瓣嘴，非常可爱。兔子性格温顺，是深受人们喜爱的一种动物。

兔子既是十二生肖之一，又与人们美好的愿望密切相连。在我国传统文化中，"兔文化"象征着机智、谨慎与德行。一直到今天，我国民间仍广泛流传着"蛇盘兔"的吉祥图案。

在我国民间，兔子被视为一

面塑艺人捏制的"玉兔拜月"，充满了吉祥喜庆的色彩。

"兔儿爷"又称"兔子王"，是过去北京、山东等地民间过中秋节时供奉的一种神偶。传说，兔儿爷能够赐给人们平安和吉祥。在明代时，老北京人就已经有了自家请兔儿爷供奉，以及给亲朋好友送兔儿爷的习俗。请兔儿爷，就是请平安；送兔儿爷，就是送福，送吉祥。

关于兔儿爷的来历，在过去的北京地区一直流传着这样一个有趣的故事。

相传在很久以前，京城地区爆发了一场大瘟疫。很多人都染上了瘟疫，恐惧、绝望的气氛笼罩着整个京城。身居广寒宫的嫦娥目睹百姓的苦难，心中不忍，便派玉兔下凡为百姓祛灾除病。

北京泥塑艺人创作的"骑麒麟兔儿爷"，含有学识广博、学业有成的寓意。

山东地区称"兔儿爷"为"兔子王"。这是一只头盘龙虎、威风凛凛的兔子王。

玉兔下界之后，担心自己的相貌惊吓到百姓，便幻化成人形。玉兔为了更快治好所有的病人，在各地不停地奔波着。有一次，玉兔忙中出错，显露出了长长的耳朵和兔子的面相，而且百姓们意外地发现月亮上终日捣药的玉兔不见了。大家终于明白，原来这位兔面人身的郎中就是嫦娥派下来的玉兔。

玉兔为百姓消除瘟疫后，回到了月宫。人们为了感激玉兔的恩德，便尊称其为"兔儿爷"。从此，兔儿爷成为一位祛灾除病的神灵。

后来，人们便根据玉兔的传说，用泥巴塑成各式各样的兔儿爷。每逢中秋节，京城百姓都要设供祭拜兔儿爷。

后来经过民间艺人的大胆创造，兔儿爷被逐渐人格化：兔首人身，手持玉杵。此后，还有些巧手艺人仿照戏曲人物，把兔儿爷雕塑成金盔金甲的武士，有的骑着老虎、狮子、象等猛兽，有的则骑着孔雀、仙鹤等飞禽。

尽管后来，兔儿爷的功能发生了很大的改变，由最初祭月的神偶转变成儿童中秋节的玩具，但其蕴含的吉祥寓意并没有改变。

翅卷祥云：蝙蝠

蝙蝠，是世界上唯一一种真正有飞行能力的哺乳动物。除翼膜之外，蝙蝠全身有毛，背部呈浓淡不一的灰色、棕灰色、褐色或黑色，而腹侧的颜色较浅。

几乎所有的蝙蝠都是白天憩息，夜晚出来觅食。这种习性，便于它们捕捉猎物，同时可以避免自身受到其他动物的伤害。蝙蝠通常喜欢栖息在山洞缝隙、地洞或建筑物内，也有栖在树上或岩石上的。它们一般聚而成群，从几十只到几十万只，喜欢倒挂着休息。

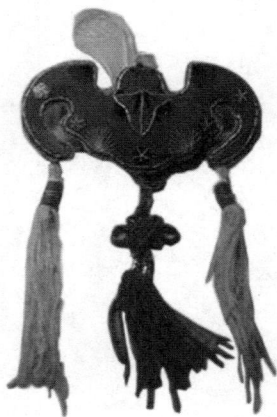

端午节时将缝制的蝙蝠状香包佩戴在身上，寓意福运常伴。

蝙蝠还是一种中药，可以用于治疗久咳、疟疾、淋病等。它们的粪便也是一种中药，名叫"夜明砂"，用于治疗眼疾。

这是清代佚名画家创作的《鸿福图》（局部）。四个儿童在协力捕捉蝙蝠，充满了童趣和吉祥色彩。

关于蝙蝠，我国民间很多地区普遍流传着这样一种说法，即蝙蝠是耗子偷吃了盐之后变成的。当然，这种说法是不科学的。

蝙蝠的长相非常

蝙蝠和铜钱构成的图案，民间谓之"福在眼前"，它是古代建筑和家具装饰的一个重要题材。

丑陋，甚至令人感觉有些恐怖。但在我国传统文化里面，蝙蝠绝对是"福"的象征。

"蝙蝠"谐音"遍福"，象征幸福如意绵延无边。人们通过自身美好的想象，将蝙蝠幻化成富有吉祥寓意的灵物，并融入生活的每一个细节里面。在过去的砖雕、石刻、木雕、剪纸、刺绣等民间工艺中，它们的吉祥身姿几乎处处可见。

由五只蝙蝠围绕着一个篆书"寿"字或桃子组成的图案，谓之"五福捧寿"，寓意多福多寿；以"卍"（万）字和蝙蝠组成的图案，称为"福寿万代"；由蝙蝠、寿桃或灵兽、灵芝组成的图案，称为"福寿如意"，寓意幸福长寿、事事如意。

蝙蝠与桂花组成的吉祥图案，则称为"福增贵子"。因为"桂"与"贵"谐音，寓意"贵子"。人们认为添子是"福"，生下男孩，亲朋邻里都会前来祝贺。

"纳福迎祥"则是我国民间年画中较为常见的一个题材，也是喜庆仪式上经常张挂的装饰图案。一个活泼顽皮的小童手抓蝙蝠，寓意洪福吉祥相继而来。

蝙蝠的造型在我国民间传统装饰艺术中是最值得骄傲的创造之一。中国人用自己丰富的想象力和大胆变形的移情手法，把蝙蝠设计成翅卷祥云、风度翩翩的形象。蝙蝠的吉祥寓意，会随着岁月一直流传下去。

翅卷祥云的蝙蝠，是民间年画创作中一个不可缺少的主题。

大吉大利：雄鸡

雄鸡即公鸡，雄鸡作为与人类关系最为密切的禽类之一，自古就被人们所喜爱。古人认为，雄鸡具有五德：头顶红冠，文也；脚踩斗距，武也；见敌能斗，勇也；找到食物能召唤同伴来食，仁也；守信报时，信也。

雄鸡善斗，且为报晓的灵物。公鸡在高亢的鸣叫声中，为人们带来新的光明的一天。因此，在我国传统文化中，人们常常将公鸡视为吉祥的化身，是阳性与刚猛的代表，能够驱邪避鬼。

现代手工艺人用染色麦秸创作的雄鸡，充满阳刚之气。

据民间传说，雄鸡是由玉衡星散落到地上变成的，它的眼睛能够避邪。还有一种说法，在远古时候，天鸡脚下有两位神：一位叫神荼，一位叫郁垒。他们的手中都拿着苇索，专门捕捉不祥之鬼，捉到就把它们杀掉。后来，人们就刻两个桃人立在门旁，把雄鸡的羽毛放在苇索中用来避邪。还有的是直接在门上画一只雄鸡，同样能够起到避邪的作用。

岫玉雕刻的雄鸡，嘴里衔着铜钱，是大吉大利的象征。

在我国传统民俗文化中，人们用雄鸡来表示吉祥的形式是多种多样的。因"鸡"与"吉"谐音，雄鸡寓意大吉大利；金鸡报晓，则象征吉运来临，前程锦绣。

雄鸡的鸡冠高耸、火红，作为一种吉祥物，它又象征着仕途顺利、官居高位。因此在过去，以一只有着漂亮鸡冠的雄鸡作为赠礼，就是祝愿对方能够获得官职。一幅由雄鸡和鸡冠花构成的吉祥图案，则象征着"官上加官"；一只雄鸡和五只小鸡则构成一幅《五子登科图》，这幅祝贺金榜高中的吉祥图，在过去非常流行。

瓷板画《金鸡报晓》，含有吉运来临、前程锦绣的多重寓意。

在传统民间艺术中，雄鸡的形象常出现在剪纸、年画、刺绣及家具的装饰图案当中。

雄鸡作为一种吉祥物，与各民族的生活习俗密切相关，也是乡村生活中一道美丽的风景。旧时，在山西北部及山东部分地区，流行在立春日佩戴"迎春公鸡"的习俗。

175

武强传统年画《五福临门》中，送福童子就是骑坐在雄鸡的背上。

"迎春公鸡"，又称"春鸡"。立春之前，手巧的妇女们用碎布头裹着棉花缝制而成，形同菱角。一角尖端缝缀上花椒仁做鸡眼，另一角缝几根花布条做鸡尾。将"春鸡"钉在孩子们的左衣袖上，既有新春吉祥之意，又有保佑孩子健康平安之意。

　　在河南的一些农村地区，几乎家家户户都要喂养一只红色的大公鸡。人们认为，红色公鸡能够保护房子不遭火灾。

　　随着时代的发展，人们赋予雄鸡的美好寓意也越来越多。想来，人们喜欢雄鸡最主要的一个原因，还是希望借其形象表达对未来美好生活的期盼与召唤吧！

年年有余：鲤鱼

中国是世界上最早养殖鲤鱼的国家。据史料记载，早在殷商时期，人们便开始在池塘中养殖鲤鱼。在我国第一部诗歌总集《诗经》里面，便有关于同文王凿池养鲤的描述。

春秋战国之际，越国大夫范蠡功成身退，据传他和美女西施隐居无锡。期间，他撰写了《范蠡养鱼经》一书，详细记载了当时人们饲养鲤鱼的经验，是世界上第一部养鱼专著。

在我国传统文化中，鲤鱼自古就被视为一种重要的吉祥物。据《孔子家语》记载，孔子的儿子出生后，当时的国君鲁昭公曾把鲤鱼作为贺礼送给孔子。孔子以此为荣，就给儿子取名"鲤"，字"伯鱼"。

尤其是到了唐代，唐代的皇帝姓李，"鲤"与"李"同音，因而鲤鱼一跃跳进了龙门，成为皇族的象征。皇室之中，多以"鲤"

一群游弋的红鲤，将水的空间变得妖娆动人。

蔚县染色剪纸"年年有余",充满了吉祥喜庆的色彩。

为佩,兵符也改称"鲤符",成为圣物。当时,朝廷还颁布了一道法令,严禁百姓捕捉鲤鱼。若无意中捕到,必须立即放生。若有人出售鲤鱼,不但会被罚金,还要挨60大板。宰食鲤鱼者,将被判为死罪。此禁忌实施了300年之久。

两千多年来,鲤鱼一直被视为吉祥的灵鱼,我国民间关于鲤鱼的神话传说,更是不计其数。《鲤鱼跳龙门》和《追鱼记》,是其中流传最广的两个故事。

传说很久以前,龙门还未开凿。伊水流到龙门山被挡住了,就在山南积聚成一个大湖。生活在黄河里的鲤鱼听说龙门山南风光秀丽,都想去看一下。但龙门山上并无水路,它们只好聚在龙门山的北山脚下。

一条大红鲤鱼对伙伴们说:"咱们跳过龙门山如何?"

众鲤鱼听了之后,都七嘴八舌拿不定主意。因为山那么高,跳不好就会跌下来摔死。那条大红鲤鱼自告奋勇,决心为伙伴们做一个榜样。

它像离弦的箭一样纵身一跳,一下跳到了半空中。空中的云和雨紧跟在那条大红鲤鱼的身后,朝前涌去。突然,一团天火从后面袭来,烧掉了它的尾巴。它忍着剧痛,继续朝前飞跃,终于越过了龙门山。当它落到山南的湖水中时,一眨眼就变成了一条巨龙。

山北的鲤鱼们见此情景,都吓得胆战心惊,谁也不敢再跳了。这时候,忽然从天上飞下一条巨龙,鼓舞它们说:"我就是刚才的大红鲤鱼,因为跳过了龙门山,就变成了龙。你们也要勇敢地跳呀!"

众鲤鱼听了它的话之后,很受鼓舞,都争先恐后地跳了起来。然而,除了极少数鲤鱼跳过龙门山之外,大多数都从空中摔了下来,额头上落下一个黑疤。直到今天,这个黑疤仍长在黄河鲤鱼的额

古代民居影壁上的"鲤鱼跳龙门"，
有飞黄腾达和奋发向上的双重寓意。

头上。

后来，唐朝大诗人李白专门为"鲤鱼跳龙门"的传说写了一首诗："黄河三尺鲤，本在孟津居。点额不成龙，归来伴凡鱼。"

《追鱼记》则讲述了一个发生在北宋仁宗年间的爱情传奇故事。书生张珍本与丞相金庞之女金牡丹指腹为婚，但后来张珍不幸亲亡家败。金庞借口三代不招布衣婿，命张珍在碧波潭畔的草庐攻读。刻苦攻读的张珍感动了鲤鱼精变作的金牡丹，变作牡丹小姐与之相会。

一日，张珍遇到金牡丹，却被诬为贼，逐出了金府。鲤鱼精变作金牡丹与张珍同返故乡，中途却被相府捉回。于是，真假牡丹难以分辨。金庞先请包公断案，鲤鱼精便指示龟精变成包公，造成真假包公不能明断。之后，金庞又请张天师捉妖。在鲤鱼精败于天兵之际，幸得观音相救。姑不愿成仙，甘落红尘与张珍结合。

在这些精彩传说的推波助澜之下，鲤鱼的吉祥寓意愈加深厚。鲤鱼，成为勤劳、善良、坚贞、吉祥的象征。因此，我国民间以鲤鱼为题材的手工艺品比比皆是。

在传统年画中，经常见到穿红肚兜的孩童骑着或怀抱着活蹦乱跳的大鲤鱼的图案。鱼腹多子，繁殖力强，"鱼"又与"余"谐音，因而，此类吉祥图案寄予了人们希求丰收富裕和子孙绵延的美好愿望。

在《追鱼记》的助推之下，鲤鱼文化愈加深入人心。这幅作品，是扬州剪纸艺人创作的。

铜雕"连年有余",反映了劳动人民希求生活富足和子孙绵延的美好心愿。

"鲤"与"利"谐音，故年节吃鱼或画鱼时多用鲤鱼，取"年年得利"的吉兆。以"得利"为主题的吉祥鲤鱼图案有很多，比如两条鲤鱼面对太阳跃起，既表示"鲤鱼跃龙门"，又寓意"可得大利"。若同心结上悬着一对鲤鱼，则有"同心得利"的寓意。除此之外，还有"得利图""渔翁得利图"等，总之都离不开"得利"二字。

在我国南方部分地区，每逢喜庆节日，民间有舞鲤鱼的习俗。相传在盘古开天辟地时，鲤鱼带领人们寻找到水源。人们为了不忘鲤鱼的功劳，以舞鲤鱼来作为纪念，这种习俗一直流传至今。人们舞起鲤鱼，希望年年丰收有余，并祈愿天下太平。

金玉满堂：金鱼

金鱼，是中国的"国鱼"，有"东方圣鱼"之美誉。

金鱼的祖先是我国普通的食用野生鲫鱼，它先是由银灰色的野生鲫鱼变为红黄色的金鲫鱼，然后又逐渐演变成现在所见的各个品种的金鱼。金鱼的体态奇特优美，艳丽似锦，性情娴静，雍容华贵，令人久赏不厌。

我国的金鱼养殖和观赏历史非常悠久，最早始于南宋时期的杭州和嘉兴，所以杭州和

富贵有余，是每个人都渴望拥有的生活。杨柳青年画将民众的这一愿景美化成了一个童话。

嘉兴素有"金鱼故乡"的美称。最早的金鱼是以"贵族"的身份出现的，深受王公大臣甚至帝王的宠爱。南宋皇帝赵构，就是一位"金鱼迷"。他在临安的德寿宫内专门建造了金鱼池，广收各地的金鱼玩赏。明朝时，宫中很多地方都有养金鱼的大鱼缸，如明朝万历年间的太监刘若愚在《明宫史》中所记载的："凡内臣多好花木，于院宇之中，摆设多盆。并养金鱼于缸，罗列小盆细草，以示侈富。"

后来，随着时间的推移，那些昔日被紧锁在宫苑豪门的美丽精灵们才逐渐走进普通百姓的生活。

在我国民间传统文化中，金鱼是和平、幸福、美好和富有的象

杨家埠年画《金玉满堂》，含有财源兴隆、人丁兴旺的双重寓意。

征。金鱼常常是成双成对地游动，在我国，双鱼代表着夫妻和睦、忠贞不渝。因此，人们经常以成对的活金鱼或中国结，作为祝福新人的吉祥礼物。

另外，按照民俗文化的传统，"金"比喻女孩，"玉"比喻男孩。所以"金鱼满塘"即意味着"金玉满堂"，象征子孙满堂，人丁兴旺。

人们爱金鱼，养金鱼，赏金鱼，赞金鱼。金鱼的形象，也成为我国民间最常见的吉祥装饰图案之一。在家具的纹饰雕刻中、漆器的彩绘里、民居的砖雕石刻上和园林的屏风窗格里，金鱼的形象无处不在。

过年时，人们喜欢在窗户上贴上金鱼形象的窗花，墙上挂一幅胖娃娃怀抱一条大金鱼的年画，几案上养一缸锦鳞闪闪的金鱼——"元宝红"……所有的这一切，都是为了取其"人财两旺，年年有余"的吉祥寓意。

吉祥的金鱼，给人们带来无限的憧憬与遐想。这些美丽的精灵，也深深地烙上了中国传统文化的印记。

浪漫多彩：蝴蝶

蝴蝶，体态婀娜，舞姿优美，被誉为"会飞的花朵""虫国的佳丽"。蝴蝶一般色彩鲜艳，翅膀和身体上有各种花斑，头部有一对棒状或锤状触角。在迄今所发现的蝴蝶种类里，最大的蝴蝶展翅可达 24 厘米，最小的只有 1.6 厘米。

美丽的蝴蝶，能够给人们带来丰富的遐想，这是天津"风筝魏"扎制的彩蝶风筝。

蝴蝶，这种大自然的小精灵，以其特有的美丽点缀着大自然，使自然界变得更加绚丽多彩。它也征服了一代代人，带给人丰富的畅想，被人们视为美好的象征。

我国民间流传着许多与蝴蝶有关的民间故事，历代文人墨客也留下了许多以蝴蝶为主题的脍炙人口的名篇佳句。在我国历史上，首先把蝴蝶与人文结合在一起的，是"庄周梦蝶"的故事。

庄周是战国时期宋国人，是我国古代著名的哲学家、文学家和思想家。庄周幼年饱尝人间的苦难与忧患。读书之后，他对社会现状和不寻常的人生经历进行了深深的思考和总结，成为一名思想家。他思想超脱，从自然界的生物活动中悟出一种境界，以达观的心境应对人生的困境。

有一天，庄周做了一个梦，梦见自己变成了一只蝴蝶。过了一会儿，他突然从梦中醒来，竟然不知是庄周在梦中变成了蝴蝶，还是蝴蝶在梦中变成了庄周。

元代画家刘贯道创作的《庄周梦蝶图》。

"庄周梦蝶"开启了中国蝶文化的先河，成为千百年来人们津津乐道的文学佳话。历朝历代，仅歌颂蝴蝶的诗歌就有五六千首之多。唐代大诗人李白在《古风》中写道："庄周梦蝴蝶，蝴蝶为庄周；一体更变易，万事良悠悠。"北宋时期的著名诗人谢逸，一生仅咏蝶诗就写了300多首，被后人誉为"谢蝴蝶"。他那句"狂随柳絮有时见，舞入梨花何处寻"的千古佳句，更是把蝴蝶飘逸的风姿描写得出神入化。

蝴蝶一生只有一个伴侣，因此，蝴蝶被人们视为幸福爱情的化身。比如恋花的蝴蝶，常用于代表甜蜜的爱情和美满的婚姻。在我国传统文化中，双飞的蝴蝶常被作为忠贞爱情的象征。

在我国民间已经流传了1000多年的"梁山伯与祝英台"的故事，也是我国蝶文化的杰作。它是我国最有名的四大民间故事之一，家喻户晓，妇孺皆知，被誉为爱情的千古绝唱。

相传在东晋时期，今浙江上虞市祝家庄有一位祝员外。他的女儿祝英台自幼随兄学习诗文，一心向往到杭州拜师求学。祝员外断然拒

在胶东农妇蒸制的花馍馍上面，蝴蝶的婀娜身姿洋溢着吉祥的色彩。

"梁祝化蝶"是一个流传千古的凄美传说。高密泥塑艺人捏制的"梁祝化蝶",充满了美好的祈愿。

绝了女儿的请求。于是,祝英台巧施计策,骗过父亲,然后女扮男装,远去杭州求学。

在途中,她邂逅了同赴杭州求学的会稽书生梁山伯,并在草桥亭上义结金兰,然后一起来到杭州城的万松书院。两人同窗共读三载,结下了深厚的情谊,但梁山伯一直不知道祝英台是个女子。祝父思女心切,催其早归,祝英台只得仓促返乡。

在"十八相送"中,祝英台不断借物喻意,向梁山伯暗示爱情。可是,梁山伯性情忠厚,一直不解其意。祝英台无奈,谎称家中九妹品貌与自己酷似,替梁山伯做媒。当梁山伯去祝家求婚时,祝员外却已经将祝英台许配给了太守之子马文才。

二人楼台相会,凄然别离。临别时,立下誓言:"生不能同衾,死亦同穴。"梁山伯抑郁成疾,不久身亡。祝英台听到这个噩耗之后,悲痛万分。在被迫出嫁那天,祝英台绕道去梁山伯墓前祭奠。

在祝英台的哀恸感应之下,忽然间风雨雷电大作,坟墓爆裂。祝英台翩然跃入坟中,裂开的坟墓重新合拢。待风雨过后,彩虹高悬,梁祝化为蝴蝶,在人间蹁跹飞舞。

这个美丽而凄婉的传说,为蝴蝶增添了一抹圣洁、浪漫的色彩。

在我国各族人民的生活中,

吉祥的蝶文化已经深入到生活的每一个细节。这是苗族服饰上的蝴蝶纹饰。

有许多与蝴蝶相关的习俗。苗族、白族等少数民族，将蝴蝶视为母亲和多子的象征，寓意生命繁衍、人丁兴旺。蝴蝶的多产，正好适用了人们延续生命的意识和心态，故而蝴蝶愈加成为人们崇拜和喜爱的对象。

　　人们迷恋蝴蝶，赞赏蝴蝶，并在我国民间产生了不计其数的嵌有蝴蝶身影的工艺美术作品，从而形成了灿烂吉祥的蝴蝶文化。

第五辑 吉祥字符篇

吉星高照：福

"福"字，是我国民间一个非常吉祥的字符。"福"的最原始含义，就是"向上天祈求"。"福"字在甲骨文中，是"两手捧酒浇于祭台之上"的会意字。后来，"福"又特指祭祀用的酒肉。

随着社会的发展，同代的青铜器铭文上面出现了不同结构的"福"字。之后，随着古籀、小篆、隶书、草书、楷书等字体的出现，"福"字的变化也越来越多，越来越艺术化。

"福"，是一个与人们生活关系最为密切的汉字。这是高密剪纸艺人的作品。

同时，"福"字的含义也得以逐渐延伸和拓展。譬如西汉哲学家戴圣编选的《礼记》认为，"福"即为事事顺利。而战国时期法家代表韩非子在其撰写的《韩非子》中说："全寿富贵之谓福。"这里的"福"，就是福运、福气的意思了。

对于"福"字的含义，古代典籍《尚书》上讲得最为透彻：福，包括五个方面，即长寿、富有、康宁、好德和善终。

今天，我们对"福"字的理解，就是幸福、福气之意。"福"字，早

时至今日，春节贴"福"字的习俗仍在全国各地盛行。

已经成为人们心目中最美好、最向往的字符。因此，每逢新春佳节，家家户户都要在屋门上、墙壁上、门楣上张贴大大小小的"福"字。

春节贴"福"字，是我国民间由来已久的习俗。据宋代文人吴自牧撰写的《梦粱录》记载，早在宋代的时候，民间过春节已经有了"贴春牌"的习俗。"春牌"，就是写在红纸上的"福"字，也就是我们现在所说的"福帖"。

关于春节贴"福"字风俗的由来，在我国民间还流传着一个有趣的故事。

相传，周武王伐纣胜利之后，姜太公在封神时，把自己的老婆叶氏封为穷神。姜子牙告诉她："有福的地方，你不能去。"封穷神这一天，正是旧岁除夕。百姓得知这个消息后，纷纷在家门上贴上了"福"字。这也是告诉穷神：我家是个有"福"的地方，你千万不能进来。

这个故事将贴"福"字这一习俗的时间推得更为久远。当然，这只不过是一个传说，有很多人为附会的因素，不足为据，但其所表达的愿望都是一致的。

春节贴"福"字，无论是现在还是过去，都寄托了人们对幸福生活的向往，对美好未来的祝愿。为了更充分地体现这种向往和祝愿，人们干脆将"福"字倒过来贴，表示"幸福到""福气到"。

那么，倒贴"福"字的习俗又是如何来的呢？我国民间主要流传着两种说法，一种说法认为这个习俗与明代的马皇后有关。

有一年，明太祖朱元璋准备以"福"字做暗号杀人。好心的马皇后为了消除这场灾祸，令全城大小人家必须在天明之前在自家门上贴一个"福"字。马皇后的旨意自然没有人敢违抗，于是家家户户门上都贴了一个"福"字。其中有户人家一不小心，竟把"福"字贴倒了。第二天，朱元璋派人上街查看，结果发现家家都贴上了"福"字，还有一家把"福"字贴倒了。

世界上恐怕没有一个字符，能够像汉字"福"那样，出现如此多的艺术变体。

朱元璋勃然大怒，欲命人将那家满门抄斩。幸亏马皇后机智，她忙对朱元璋说："那家人知道圣上今日来访，故意把'福'字贴倒了。您这一来，不就代表'福到'了吗？"朱元璋听了之后，感觉有理，便下令放人。就这样，一场大祸得以消除。从此，人们在过春节时，便将"福"字倒贴，一是为了求吉利，再一个就是为了纪念马皇后。

另一种说法认为，这个风俗起源于清代的恭亲王府。

北方民居院内的影壁上，经常会出现各式各样经过艺术加工的"福"字。

有一年春节前夕，恭亲王府的大管家照例写了几个斗大的"福"字，叫人贴于王府的大门上。有个家丁目不识丁，竟将"福"字头朝下贴在门上。恭亲王的福晋十分气恼，欲鞭罚惩戒。可这个大管家是个能言善辩之人，慌忙跪倒陈述："奴才常听人说，恭亲王寿高福大，如今大福真的到（倒）了，乃喜庆之兆。"

福晋听罢心想，怪不得过往的行人都说恭亲王府的福到（倒）了，一高兴，便重赏了管家和那个将"福"字贴倒的家丁。

此后，倒贴"福"字便由达官府第传入平民百姓家。人们倒贴"福"字时，都愿过往的行人或孩童念叨几句："福到了，福到了！"

人们喜爱"福"字，并将它渗透到生活的每一个细节里面，便逐渐形成了一种浓厚的"福"字文化。人们除了千百遍不厌其烦地书写着"福"字，千变万化的精美"福"字剪纸，更将"福"字的艺术魅力推向了高峰。

在过去的一些建筑物上面，尤其是在北方民居院内的影壁上面，那些被向往幸福生活的人们艺术化处理的"福"字，真可谓多姿多彩。譬如，有的在"福"字左右画上两只蝙蝠，寓意"遍地有福"；有的"福"字是用鹿头或桃子等吉祥纹样组合而成，蕴含人们对福、禄、寿的追求和向往。

旺盛恒久：寿

"寿"字，是我国民间最受人们喜爱的吉祥字符之一。看似普通的"寿"字，却蕴含着人们对生命的热爱，对吉祥的追求。数千年来，"寿"字所呈现出的丰富意境，几乎为每一个中国人所熟知。

我国民间对"寿"字的崇拜，由来已久。早在春秋战国时期，当时的上层统治阶级就已经出现了"敬酒献寿"的原始形态的祝寿活动。

据西汉司马迁撰写的《史记》记载，我国在先秦时期就有了"寿星祠"，把寿星作为崇奉的对象。由此可见，在很久以前，健康长寿就已经成为人们不懈追求的目标。这种对长寿的崇拜与渴望，在帝王君主身上体现得更加深刻。

秦王嬴政为了能够长生不老，曾派方士徐福率童男童女各3000人，东渡入海寻求仙药。唐代女皇武则天在其执政的14年间，曾四次改用"长寿""天册万岁""万岁登封""万岁通天"为年号，她这样做的目的，肯定是希望自己健康长寿，永执基业。

五福寿为先，自古以来，"寿"字就是人们谈论最多的话题之一。这是清代杨柳青年画艺人的作品。

在封建社会中，皇帝的寿诞日被称为"圣寿节"。有些皇帝还为自己的寿辰制定了专门的节日，如唐玄宗的寿辰叫"千秋节"，宋太祖的寿辰叫"长春节"等。到了

时至今日，"寿"字图轴仍是我国民间最喜欢张挂的吉祥之物。

明、清时期，皇帝的寿诞之日统称为"万寿节"，而皇后的寿诞之日则统称为"千秋节"。

在我国民间，对"寿"字的崇拜与敬仰，更是深入到社会生活中的每一个角落，留下了不计其数与"寿"字相关的文化。在我国民间的神话传说中，象征健康长寿的神仙就有不少，如西王母、无量寿佛、八仙、南极仙翁、东方朔等都是"寿仙"。但其中影响最大的，当属南极仙翁，俗称"老寿星"。至今，人们还尊称上了年纪的老人为"老寿星"。

"寿"字，还是一种生命力的象征。老人过生日，称"寿诞""寿辰"；祝福老人长寿安康，则称"寿安""寿康""寿宁"等；为老人举行寿宴的厅堂叫"寿堂"，饮食则有"寿面""寿桃""寿糕""寿酒"等；用于祝寿的文艺形式有"寿联""寿画""寿诗"等。

"寿"字虽然不是汉字中出现最早的文字，但却是中国最为多变的异形单字。"寿"字被逐渐图案化、艺术化，成为一个吉祥的符号。

汉代《礼器碑》上的"寿"字，被誉为东汉绝品；晋代王羲之《兴福寺断碑》中的"寿"字，如龙跃天门，虎卧凤穴，堪称书法之精品；出自一代女皇武则天的《升仙太子碑》上的"寿"字，结构严谨，章法疏朗；

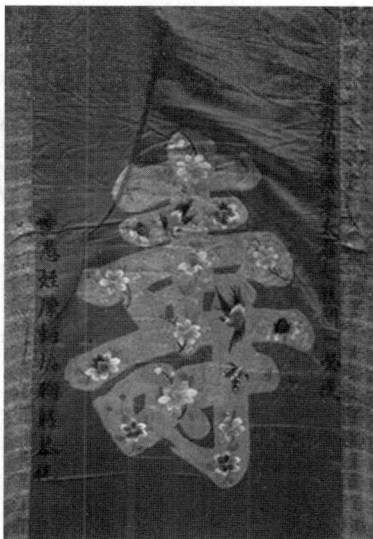

古代，我国民间在为老人祝寿时，流传着晚辈向长辈敬奉寿幛的礼俗。

宋代范成大的《停云馆法帖》之"寿"字，则笔锋隽秀遒劲，有一泻千里之势……不同朝代、不同形式的"寿"字书迹，构成了中国"寿"字的书法奇观。

194

在祝寿图中，以"寿"字构图的称为"寿字纹"。寿字纹可分为多字构图和单字构图两种。字形圆的，称为"团寿"；字形长的，则称为"长寿"。

民间剪纸的"百寿"图案，寓意长命百岁。

"团寿"的线条环绕不断，寓意生命绵延不断；"长寿"则是借助"寿"字长条的形式，表示生命的长久。

除此之外，还有以"寿"字与图案组合搭配的形式，称为"花寿"。如"五福捧寿"的图案，由五只蝙蝠围绕着"寿"字变体的"团寿"，象征五福寿为先。

百寿图，则是"寿"字文化的另一种拓展。所谓"百寿图"，就是用各种书体写出100个"寿"字。其中，又以篆书形体的百寿字最为常见。

这是一个由多种吉祥花卉和瓜果组成的"寿"字，表达了丰富的内涵。

到了清代末期，又出现了"千寿图"。据传，在慈禧太后六十寿诞之前，清廷成立了一个专为庆贺慈禧六十大寿而搜集古今"寿"字的"班子"，结果竟搜集到4000多个不同笔画的篆体"寿"字。接着又成立了一个刺绣"班子"，将4000多个"寿"字用五彩丝线绣在锦缎旗幡上面，称为"千寿幡"。

古往今来，在社会生活中，"寿"字文化更是千变万化，让人目不暇接。在我国历代碑刻、钟鼎、汉砖、绘画、剪纸、年画等民间艺术当中，都有大量与"寿"字相关的作品。

　　一个"寿"字，给中华民族追求生命的旺盛与长久注入了无限美妙的激情。"寿"是美好的企求，是生命的渴望，是智慧的诗行。

欢乐喜庆：囍

　　"囍"，读作"双喜"，是将两个"喜"字巧妙地合并在一起，又叫"喜上加喜"或"双喜临门"。在我国民间，"囍"字是一个家喻户晓、尽人皆知的吉祥字符，几乎成了中华民族的"婚徽"。

　　关于"囍"字的由来，有这样一个有趣的传说。

　　相传，北宋时期的大文学家王安石在22岁那年进京赶考，途经马家镇，在舅舅家落脚休息。

　　晚饭后，王安石到街市上散步，偶然发现马员外家的门楼上挂着一盏走马灯。他仔细一看，见灯上闪出"走马灯，灯马走，灯熄马停步"的对子，禁不住拍手称道："妙对呀，真是妙对！"

"囍"字，总是会令人联想到美好甜蜜的姻缘。

　　这时候，旁边的一位老人家听到了，赶紧上前作揖说："此联已挂数月，至今尚无人应对。既然相公说好，那就请你稍等片刻，我去禀报员外，由他向相公亲自请教。"

　　当时，王安石因为第二日就要赴考，无暇思忖下联，不等老人家出来，便回了舅舅家。翌日，王安石走进考场，答题时一挥而就，交了头卷。主考官见他聪明机敏，便传他来面试。主考官指着厅前的飞虎旗，出了一对：

民间传说，"囍"字是由北宋大文学家王安石首创的。

"飞虎旗，旗虎飞，旗卷虎藏身。"此时，王安石的脑海里立即浮现出马员外家马灯上的那半副对子，随口答道："走马灯，灯马走，灯熄马停步。"主考官一听，赞叹不已。

考试结束后，王安石又回到马家镇，恰巧又遇到那位老人家。那人万分惊喜地说："相公，真是踏破铁鞋无觅处啊！自从你昨晚离开，我们一直找到现在。赶快随我走吧，我家员外正在等你哩！"

王安石便跟随那位老人家来到马家，马员外见到他之后一边施礼，一边吩咐仆人取来文房四宝请王安石写下联。王安石随即将主考大人的上联挥笔献上。

马员外见他写得龙飞凤舞，颇为满意，然后吩咐丫鬟将此联拿到闺房去给女儿看。马员外的女儿从丫鬟的手中接过王安石所写的对联，见对得极为得体，且字体遒劲有力，含羞地点了点头。

马员外明白女儿的心思之后，大喜过望，便对王安石说："此联乃小女为选婿所出，悬挂数月竟无人能对出。现为王相公对出，真是联句成对，姻缘成双啊！"马员外即亲赴王安石的舅舅家为女儿求亲，双方约定三日后完婚。

结婚那天，马府上下喜气洋洋。正当新郎、新娘拜天地时，有人来报："王大人金榜题名，明日请赴琼林宴！"这真是喜上加喜！马员外当即重开酒宴，庆贺双喜临门。王安石带着三分醉意，挥毫在红纸上写了一个大"囍"

生动亲切的"囍"字，在剪纸艺人的手下变得绚丽多彩。

"双喜临门"，意味着喜事连连。这件日照的农民画，充分表现出了老百姓对美好生活的期盼。

字，让人贴在门上。

从此，结婚贴"囍"字就在民间流传开了，它也成为喜庆吉祥的一个重要标志。

在结婚之日，不仅厅堂中间要挂"囍"字、大门口贴"囍"字，还要在门窗和家具上贴剪纸"囍"字，被褥枕头上要绣"囍"字。

每个人都渴望自己的生活能够好事成双、欢乐吉祥，因此又延伸出许许多多与"囍"字内容相关的吉祥文化。尤其是民间吉祥装饰纹样，更是丰富多彩。

譬如"双喜临门"的图案，多为两只喜鹊飞临家门，寓意两件喜事同时到来；"喜相逢"的图案，是两个童子谈笑风生，意指彼此间欣喜不已；"四喜人"的图案，则是喜笑颜开的四个童子。古人认为，"久旱逢甘霖，他乡遇故知，洞房花烛夜，金榜题名时"为人生四大喜事，享有"福气、高官、长寿、好运"之人为"四喜人"。

其实，以上这些吉祥文化内容，就是在"囍"字的基础上衍生出来的。千百年来，"囍"字已成为中国传统吉祥文化里一个闪光的字符。它象征着幸福与喜庆，也象征着人们追求美好生活的心愿。

第六辑　吉祥饰物篇

万事和顺：如意

如意，是一种象征祥瑞的器物，多以金、玉、竹、骨等材料制成。它的头部呈灵芝形或云形，柄微曲。

如意，是由笏和爪杖演变而来的。古时，各级官员在每天早朝觐见皇帝时，要事先把想说的话和意见都写在一块板上。向皇帝禀奏时，双手握住板的下端做鞠躬状，一边看板上预先草拟的讲话稿，一边向皇上奏禀。这块板就叫"笏"。爪杖，则是一种用来挠痒痒的工具，如同现在人们仍在使用的"痒痒挠"。

魏晋南北朝时期，如意成为帝王及达官贵人的心爱之物。除用它搔痒，还用它决策大事，其威势有些近似于权杖。如南朝的韦睿在徐州战事中，就是用如意来指挥千军万马，一日数战，取得大胜。

当时如意的造型，头部呈弯曲回头之状，被人赋予了"回头即如意"的吉祥寓意。尤其是当如意传到佛家僧侣当中，它也平添了许多实用价值，比如可将经文写在如意上面以防遗忘，对讲经传道起到了重要作用。

如意对魏晋时期塑造的文殊菩萨的造像也产生了影响。代表智慧与义理的菩萨，

如意，是由古代的笏和爪杖演变而来的。这是明代的牙雕笏板。

清代牙雕艺人雕刻的松芝纹如意，是健康如意的象征。

自然而然地成为手持如意的形象。由此，如意便成为象征吉祥美好与思辨睿智的符号。

　　到了唐代，如意的性能发生了变化，以供人们消闲赏玩为主。因此，制作如意的材料变得十分考究和贵重，譬如金、玉、珊瑚、紫檀、黑檀等。有的是用一种材料制作，有的则是选用多种材料相互搭配而成。

　　到了明、清时期，如意的实用性已经被完全忽略，而是变成了一种纯粹供人们娱乐欣赏的艺术品。此时，如意开始变短，主体呈流线型，整体造型优美华丽。在制材方面，又多了水晶、玛瑙、翡翠、象牙等贵重材料。其制作工艺，包括浮雕、镂空、镶嵌及景泰蓝工艺等，而且装饰上了精细华丽的纹饰。

　　尤其是在清代，如意作为一种贵重的装饰品和礼品在宫廷中得到广泛应用。每逢帝王登基、婚礼、寿辰、节日等，王公大臣们会向皇上进献价值不菲的如意，甚至是一整套。

　　据史料记载，乾隆皇帝六十岁寿辰时，大臣们为他专门制作了六十柄金丝编织的如意。慈禧太后六十岁寿辰时，大臣们向她进献了九九八十一柄如意，因为"九九"是最高的吉祥数字。

　　帝王也常把如意赠送给妃子和臣下。皇后、嫔妃的寝室里也会陈设如意，以怡神养性，兆示吉安。

木雕弥勒佛手持如意，是吉祥如意、财源旺盛的象征。

清代竹雕佛手形如意，是富贵如意的象征。

如意作为吉祥之物，在民间也被广泛应用。譬如某个人准备远行，家人或朋友会送上如意，表达美好的祝愿。尤其是民间艺人，更是把如意作为最常用的创作题材之一。

于是，一件小小的如意，成为集宫廷礼仪、民间往来和陈设赏玩为一体的珍品。如意，在我国民间传统文化中的吉祥寓意也变得愈加丰厚，它还经常与其他物品搭配成寓意丰富的吉祥物。

比如，有的如意头上嵌着两个柿子的形象，这是因为"柿"与"事"同音，寓意为"事事如意"；有的如意头雕琢成灵芝状，这是因为灵芝一直被视为长生不老的仙草，因而寓意"长寿如意"；若将如意、柿子放置于万年青之间，则寓意"万事如意"；有的将如意头雕琢成五只蝙蝠围绕一个"寿"字的图案，则寓意"五福捧寿如意"。

除此之外，还有"平安（花瓶）如意""必（笔）定（锭）如意""四艺（琴棋书画）如意"等，它们在古代的绘画、建筑、家具、服饰、竹雕、木雕、牙雕、玉器、瓷器等艺术品中得到广泛应用。正是因为如意具有这些吉祥寓意，所以成为我国极具传统文化特色的吉祥饰物。

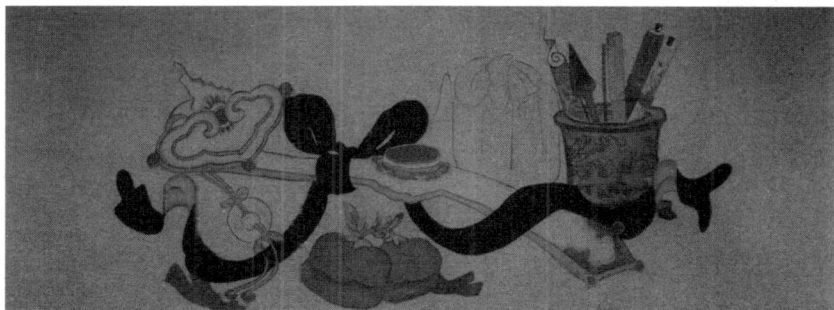

以如意、柿子、笔和锭组成的图案，具有事事如意、必定如意的吉祥寓意。

辟邪驱祟：压胜钱

明朝民间的"太上咒语"压胜钱。

压胜钱，又称"厌胜钱""花钱"等，是我国民间专门为祈福避邪而铸造的古钱，不具有流通货币的功能。

我国铸造压胜钱的历史十分悠久。早在战国时期，燕国铸造的弧背尖首小型刀的背文，就已经有"吉"字出现。西汉时期的半两和五铢钱，上面也有吉祥语和吉祥纹饰。

压胜钱的主要材质有金、银、铜三类，也有铅、锡、铁、象牙等。最早时期的压胜钱，是一种素面素背的铜环。东汉以后，它们才开始变得跟普通用钱的形状一致。

在魏晋南北朝时期，每当宫廷有祭祀、庆典活动，都要专门铸造压胜钱悬挂在宫灯之下。至明、清时期，已经形成一种惯例。每当新皇帝登基，都要制造一批精美的压胜钱。这种习俗逐渐传入民间，相习成俗。

压胜钱上面的图案都非常精美，刻有不同风格的花纹、图案或文字，铸造工艺更是多种多样。根据所铸造的不同吉祥语和吉祥

清代民间的"连年有余"图案压胜钱。

图案，以及不同的用途，可分为官铸的开炉钱、镇库钱、庆典钱、祝寿钱等纪念品，用以辟邪延寿的十二地支生肖钱、八卦钱、上梁钱等厌胜品，佛事钱、庙宇钱等供养品，还有用于游戏的打马格钱、秘戏钱、卜戏钱、谜语钱等娱乐品。

其中，在我国民间流传最广的当属吉语钱和生肖钱。吉语钱的上面铸有吉祥语，如"千秋万岁""天下太平""金玉满堂""长命富贵""百子千孙"等。生肖钱的一面为十二地支，旁边铸有所属生肖动物，即子为鼠形，丑为牛形，寅为虎形，卯为兔形，辰为龙形，巳为蛇形，午为马形，未为羊形，申为猴形，酉为鸡形，戌为狗形，亥为猪形，另一面铸星官、龟鹤或其他花纹等。这些钱有大有小，制作十分精巧，实为古代的民间工艺精品。

作为吉祥物的压胜钱，曾与人们的生活习俗有着密不可分的关系。不管是在祈求吉祥、避邪除恶上面，还是在婚丧嫁娶和祝寿上面，几乎都能见到压胜钱的影子。甚至可以说，压胜钱的象征意义，涵盖了古人日常生活的各个领域。

北宋文学家孟元老在其撰写的《东京梦华录》里面，记载了古代婚礼上"撒帐钱"的风俗："凡娶妇，男女对拜毕，就床，男向右，女向左坐。妇以金钱、彩果散掷，谓之'撒帐'。"人们抛掷所用的钱币，就是"撒帐钱"。这种婚礼习俗，在我国民间的许多地区至今仍然存在。"撒帐钱"上面的吉祥语，大都为"夫妻偕老""如鱼得水"等内容。

古代民间还有一种"洗儿"的习俗，即婴儿出生后的第三天，要把全身洗净，又称为"洗三"。宋代文人吴自牧在《梦粱录》中记载："至满月，则外家以彩画钱或金银钱、杂果……送往其家，大展洗儿会。"这里的彩画钱和金银钱，就是专门用作"洗儿"仪式的压胜钱。

清代建造房屋或庙舍的时候，民间流行一种习俗，即铸造一种钱币放在房梁上，以求房屋牢固，消灾避祸。此类钱称为"上梁钱"，其上多为"金梁大吉""镇宅平安"等吉祥语。

现在，我国北方的一些地区在建筑新房上梁时，多在主梁上面缚上以红布包裹的硬币，想来也具有压胜钱的寓意。

清代的宫廷每逢春节、元宵节，除了把压胜钱挂在宫灯上作为装饰之外，还铸造一种钱币用来欢庆新春，面文多为"新春大吉""人口平安"之类吉祥语，俗称"贺年钱"。人们相互赠送贺年钱，以示祝愿。因此，这类压胜钱与现在贺年卡的用途差不多。

如今，压胜钱早已远离人们的生活。然而，它们却成为一种历史的见证，被人们珍爱和收藏。由压胜钱衍生出的一些习俗，也在我国民间广为流传。其中影响最为广泛的，当属春节分压岁钱的习俗。据史料记载，最早的压岁钱就是压胜钱，后来才逐渐演变成实用的钱币。

关于大年除夕长辈给晚辈压岁钱的来历，在我国民间还流传着一个有趣的传说。

很久以前，有一个叫"祟"的小妖，黑手白身。每年除夕之夜，祟都要溜出来，专摸熟睡的小孩子的脑门。小孩被摸过之后，就会发烧、说梦话，退烧之后就会变成痴呆疯癫的傻子。大人们害怕祟来伤害孩子，常常除夕整夜亮着灯不睡，这也叫作"守祟"。

有一户张姓人家，夫妻老年得子，十分疼爱。在年三十的晚上，为了防止祟来侵扰孩子，这对夫妻一直都很警醒。他们用红纸包了一些铜钱，包了拆，拆了包，以此逗弄孩子玩耍。

夜渐渐深了，小孩困极了，便先睡着了，这对老夫妻便把包好的铜钱放在孩子的枕边。当时已是四更天，他们认为祟不会来

这是汉代用来铸造五铢钱的陶范，民间所见的压胜钱也是采用这种方式铸造的。

这是清代作为正用品压胜钱的咸丰重宝花钱。

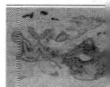

伤害他们的孩子了。可是他们刚一躺下，一阵阴风吹来，小妖便溜进屋里。就在祟要用手摸孩子头的时候，突然孩子的枕边发出一道金光，祟鬼哭狼嚎地逃走了。

这件事情很快就传开了，人们纷纷仿效。在除夕之夜，大人用红纸包上钱放在孩子枕边，祟就不敢再来侵扰。故而，人们把这种钱称为"压祟钱"。因为"祟"与"岁"同音，日久天长，就被称为"压岁钱"了。

压胜钱是中国民间文化宝库中的一朵奇葩，虽然它们已经淡出我们的视野，但其吉祥寓意恒久不变。

压胜钱反映出了中华民族的淳朴与智慧，为后人研究民俗提供了珍贵的实物资料。

招财进宝：聚宝盆

聚宝盆，是我国古代劳动人民想象出的一种能够日进斗金的神奇宝物。

聚宝盆，是中国民间传说中的一个宝物。相传，不管放进去什么东西，它都会生出什么来，放在财位则可聚财，且取之不尽，用之不竭。

在我国江南地区，人们更是将以各种材质制作的"聚宝盆"饰物视为镇宅之宝和财富的象征。

聚宝盆的由来，据说是出于"沈万三得聚宝盆"的传说。清代文人周人龙在其所著的《挑灯集异》里面，曾记载过这个故事。

传说，明朝初年有一个名叫沈万三的人，心地十分善良。有一天夜里，他梦见一群青衣人向他求救。

翌日清晨，他起床后，见一名渔夫捕捉了满满一竹筐青蛙正要宰杀。沈万三看那些青蛙非常可怜，想起了昨晚的梦境，于是，他便向渔夫恳求一番，出钱买下了全部青蛙，并放生于自家屋后的一个池塘里。

当天夜里，群蛙喧闹不已，吵得沈万三与妻子无法安睡。第二天清晨，他前往驱赶，只见青蛙围在一个瓦盆四周不肯离去。他感到非常奇怪，便将瓦盆打捞上来，群蛙才渐渐离去。

沈万三将瓦盆拿回家之后，他的妻子便用它来洗手。有一次，她不慎将银簪掉在瓦盆里，结果还未等她取出，盆中转眼便聚满数不清的银簪。他们这才知道，这个瓦盆原来是青蛙为了谢恩送来的宝物。

朱仙镇年画《沈万三与聚宝盆》，讲述了贫穷渔民沈万三打鱼时，意外获得一个聚宝盆，最终发家致富的故事。沈万三也因此被民间奉为财神。

在我国民间传统文化里面，聚宝盆总是与勤俭持家和勤俭节约联系在一起，因为只有这样财富才能生生不息。聚宝盆，也正是这种美德的象征。

聚宝盆中的"聚"，有"聚集""蓄积""汇合"之意。因此，聚宝盆又有"招财进宝""招财利市"的寓意。或许，正是因为这种神奇的寓意，人们也喜欢称聚宝盆为"黄金万两"或"日进斗金"。

不管是富贵人家，还是平常百姓人家，都渴望拥有一个聚宝盆。聚宝盆的形象，也经常出现在年画、剪纸、雕塑等民间工艺品中。

经过那些巧手艺人的智慧创造，聚宝盆的形象变得越来越精美，其寓意也变得越来越丰富。如现代，人们认为聚宝盆饰物寓意十种吉祥：一帆风顺，两全其美，三阳开泰，四季发财，五福同寿，六六大顺，七彩缤纷，八面玲珑，九天揽月，十全十美。

在财神的身旁，有一个盛满金银珠宝的聚宝盆。它与财神一样，成为财富的象征。

清代杨柳青年画《年年大有》的画面中间，就是一个大大的聚宝盆。这种欢乐祥和的场面，其实是劳动人民对美好富裕生活的期冀。

同时，聚宝盆的形态也多种多样，如"双龙聚宝盆""福寿聚宝盆""龙凤呈祥聚宝盆"等。

勤劳的人民创造出聚宝盆这种神奇吉祥之物，其实反映了广大劳动人民勤劳、善良的品格，以及对幸福生活的强烈追求。

财富之源：摇钱树

摇钱树，是我国民间传说中的一种宝树，摇一摇就会落下金钱来。在中国民俗文化中，摇钱树是财富之源的一种象征。

关于摇钱树的来历，现在一般认为是出自《三国志》里面的一个小故事。有一个名叫邴原的人，品德非常高尚。一天，他在路上捡到一串铜钱。因为没有找到失主，他便将那串钱挂在了一棵大树上。随后路过此地的人，见大树上有钱，都认为是神树，于是纷纷把自己所带的钱也挂到树上，以祈求来日获得更多的财富。

摇钱树，是古代劳动人民梦想中的一种财富之源。

从这个故事可以看出，人们最初不是从树上摇钱，而是往树上挂钱。而往树上挂钱，目的是为了能够得到神灵的庇护，从而使自己财源广进。摇钱树，其实反映了普通百姓对理想生活的强烈渴求。

据清代文人富察敦崇的《燕京岁时记》记载，当时的北京民间便有在岁末制作摇钱树用以祈年的习俗。在我国南方部分地区的旧俗里面，在大年初一这天，家家户户都要在门前挂"摇钱树"，祈望在新的一年里财源滚滚。

在我国民间，关于摇钱树的传说更是数不胜数，其中有这样一

在清代杨家埠年画上，文武财神所献的宝物就是摇一摇即可落下金钱的摇钱树。

个故事颇耐人寻味。

从前，有一个懒汉为了过上富足的生活，希望能够找到一棵摇钱树，但是，他找了很久也没有找到。

一天，他又累又饿，竟晕倒在路上。一位农夫发现了他，便将身上带的干粮给他吃。那位农夫问他为什么会晕倒在路上，懒汉便告诉农夫他一直在寻找摇钱树。农夫听了之后，笑着说："我知道摇钱树在哪里。"

懒汉听了之后，一下子来了精神。他恳求农夫告诉他哪里有摇钱树。农夫说："摇钱树，两枝权，两枝权上十个芽；摇一摇，开金花，创造幸福全靠它！"

原来，农夫所说的摇钱树，就是人的双手。

摇钱树，作为遐想中的产物，自然为民间手工艺人提供了一个广阔的创作空间。因此，摇钱树的形状千姿百态，趣味十足。这一吉祥装饰题材，在民间年画当中表现得更加丰富多彩。

譬如清代四川绵竹年画上的摇钱树，是一对夫妇在树下谈话，一个童子在树上摘取金钱，另一个童子双手捧着容器在树下接。树上所点缀的金钱均为单枚，没有串钱。山东潍坊年画上的摇钱树，则是钱币整齐地缀在树枝上。天津杨柳青年画上的摇钱树，则跟聚宝盆结合在一起：聚宝盆中

寿山石雕的匠人将摇钱树和布袋和尚组合在一起，使这件作品具有了更强的财富象征。

在杨柳青年画《真有福利》上，一个孩童正站在摇钱树下采摘金钱，这就像是一个朴实而又美好的童话。

生有一树，枝上挂着串钱；枝叶间，又有数十枚散钱悬缀。钱上可见"天下太平""五谷丰登"的吉祥语。

　　年画上的摇钱树，在装饰着每一户家庭的同时，也温暖着每一个人的心。当然，人们喜欢摇钱树，是希望它们为年节增添更多喜庆的色彩。真正幸福的日子，需要用辛勤的汗水去换取。

　　今天，由于年画在我们的生活里渐行渐远，摇钱树的身影也变得越来越模糊。但千百年来，祖辈们寄托在它身上的那种情感，却永远地流传了下来。

永结同心：中国结

囍字结，寓意喜事临门。

中国结，是中华民族特有的一种手工编织工艺品，具有十分悠久的历史。自古以来，中国结的应用就非常广泛。从宫廷殿宇、乡野民间常用的器物上，到历代的绘画、雕塑及民俗工艺作品中，都能够见到中国结的影子。譬如，帝后座椅把手下方的垂饰，伞盖、轿子四角的装饰，观音及侍女腰间的飘带，以及如意、荷包、眼镜袋、念珠及扇子等器物上面，都能见到中国结。

中国结的起源非常早，甚至可以追溯到上古时期。早在旧石器时代末期，便有了骨针。既然有针，便一定有了线绳。由此推断，当时简单的结绳和缝纫技术已具雏形。

在文字还没有诞生之前，绳结曾被人们用来作为辅助记忆的工具，也可以说是文字的前身。战国时期铜器上的数字符号，仍留有绳结的形状。

关于中国结的起源，在我国民间流传着这样一个故事。

传说在很久以前，有一个妖怪，每年春天都要吃一个人。这一年春天，妖怪决定要吃一个小姑娘。当时，这个小姑娘正在编一只小蚂蚱，由于心不在焉，却编成了一个平安结。恰在这时候，妖怪出现了。当妖怪扑向小姑娘时，她手中的平安结闪出一道金光，把妖怪给吓跑了。从此，平安结就成为保佑人们一生平安的吉祥物，一直流传到今天。

当然，这个故事只是后人附会而成的，但通过这个故事，我们足可以看出人们对吉祥中国结的喜爱之情。

唐、宋时期，是中国文化艺术发展的一个重要时期。这一时期，中国结被大量运用于服饰和器物装饰当中。

在当时的诗词作品中，对中国结的称颂也尤为突出。唐代著名诗人孟郊的《结爱》当属这方面的代表之作："心心复心心，结爱务在深。一度欲别离，千回结衣襟。结妾独守志，结君早归意。始知结衣裳，不如结心肠。坐结行亦结，结尽百年月。"北宋著名词人张先则有"心似双丝网，中有千千结"的名句传世。

到了明、清时期，中国结工艺的发展达到鼎盛阶段。在诸多生活用品上，都能见到美丽的绳结装饰。中国结已俨然成为一门艺术，样式多，花样巧。

这件挂饰将双鱼与平安结组合在一起，便具有了平安吉祥、年年有余的双重寓意。

装饰结大都具有吉祥的寓意，如在婚床的帐钩上装饰一个"盘心结"，寓意相爱的人永远相随相依，永不分离；在玉佩上装饰一个"如意结"，则寓意称心如意、万事如意；在扇子上装饰一个"蝴蝶结"，则寓意福在眼前、福运送至……

中国结的编制过程非常复杂。每个基本结均是用一根绳从头至尾编制而成的，并按照结的形状

时至今日，吉祥红火的中国结仍深受人们的喜爱。每当临近春节时，街市上就会有很多出售中国结的摊点。

平安结，寓意平安吉祥。

为其命名。现在，中国结的基本结式有十多种，例如"双钱结"的形状像两个铜钱半叠的式样，象征财源滚滚。"盘长结"的形状就如佛教八宝之一的盘长，象征回环贯彻，是万物的本源。"藻井结"，则因其中央似"井"而得名，也称"方平结"，有含笑、含苞欲放之意。"纽扣结"，又名"同心结""钻石结"，因为可以当作纽扣而得名，象征白头偕老，永结同心。"十字结"，正面呈十字，所以称为"十字结"，背面为方形"田"字，因此也称"方结""四方结"，象征着十全十美。除此之外，还有"万字结""平安结""寿字结""双喜结""如意结"等。

一些心灵手巧的人，还把不同的结饰结合在一起，或与其他具有吉祥图案的饰物搭配组合，形成了更多绚丽多彩的中国结饰品。

悠久的历史和漫长的文化沉淀，使中国结蕴含了中华民族特有的文化精髓。它不仅仅是美和技巧的展示，更是自然灵性与人文精神的完美结合。

风情万种：红盖头

古时候的婚礼仪式上，新娘的头上都会蒙着一块别致的红绸缎，即红盖头。这块红盖头，要等到进入洞房之后，由新郎亲手揭开。

最早的盖头，大约出现在南北朝时期的齐代。当时的盖头，是妇女用来避风御寒的，仅仅盖过头顶。到了唐朝初期，演变成一种从头披到肩的帷帽，用来遮羞。

据传，在唐朝开元年间，李隆基为了标新立异，有意突破旧习，令宫女以"透额罗"罩头，也就是在唐初的帷帽上再盖一块薄纱遮住面额，作为一种装饰。这一饰物的流行，使当时的宫廷佳丽有一种蒙胧而神秘的美。

古代，每个走进婚姻的女子都要披上一块红盖头，它是女人一生中最绚丽的风景。

从后晋到元朝，盖头在民间流行不衰，并成为新娘不可缺少的喜庆装饰。为了表示喜庆，新娘的盖头都选用红色。

在我国民间，关于红盖头的由来，还流传着一个古老的传说。

相传，在远古时期，尘世的百姓无意中触怒了天帝。于是，天帝命风伯和雨师兴起铺天盖地的暴雨和洪水，以此灭绝人类。

天神不忍心让勤劳善良的伏羲、女娲兄妹俩受难，便送给他们一个竹篮，让他们以篮代舟躲过灾难。洪荒过去，人烟绝迹，尘世

新娘披红盖头的习俗，传说跟伏羲和女娲有关。这是唐代壁画上的"伏羲女娲图"。

一块小小的红盖头，令每一位步入婚姻的女子都风情万种。

间只剩下兄妹二人。为了繁衍后代，兄妹二人结为夫妻。

女娲因为害羞，便用青草编成扇子遮挡面部。"扇"与"苦"同音，苦者，盖也。而以扇遮面，终究不如丝织物轻柔、美观。因此，执扇遮面就被盖头蒙头代替了。

时至今日，新娘出嫁时盖上红盖头在少数地区仍作为迎亲礼仪被沿用。

现代人举行复古婚礼，新娘仍喜欢盖一方红盖头。想来，不仅仅是因为新奇和好玩，掀起红盖头时，那份彼此激动的心跳，那种彼此对视而脉脉含情的动人时刻，总会令人终生难忘。

光耀千秋：灯笼

灯笼，是古代灯具的一种。在旧时，灯笼与人们的生活息息相关，随处都能见到灯笼的影子。中国的灯笼，不仅用来照明，也是一种吉祥的象征。

在婚庆寿礼、商铺开业、节日庆典时，都少不了吉祥喜庆的大红灯笼。旧时的私塾开学前，父母都要为子女准备一盏灯笼，然后由老师点亮，象征学生的前途一片光明。这一习俗称为"开灯"。

"灯"与"丁"语音相近，因此还意味着人丁兴旺。所以，过去很多人家都有"字姓灯"，悬挂在屋檐下或客厅里。

迎春灯笼，是我国传统年节时悬挂的吉祥物，含有迎春接福的寓意。

苏州民间的金鱼莲花灯，象征着年景丰顺，连年有余。

不过，最令人遐想和期盼的还是元宵节的花灯。元宵节张灯的习俗，始于东汉时期。东汉明帝刘庄提倡佛教，他听说佛教有正月十五僧人观佛舍利、点灯敬佛的做法，就传旨这一天夜晚在皇宫和寺庙里点灯敬佛，士族庶民则在家里张

这组泥塑作品表现的是旧时元宵节老北京市民夜晚观赏花灯的情景。

灯。后来，这种佛教礼仪逐渐演变成民间一个盛大的节日。

关于元宵节张灯的由来，在我国民间还流传着一个有趣的故事。

传说在很久以前，有一只神鸟因为迷路而降落人间，却被不知情的猎人给射死了。天帝知道后非常生气，命令天兵在正月十五晚上到凡间放火，把凡间的人畜统统烧死。

天帝的女儿心地善良，不忍心看到百姓们无辜受难，于是她偷偷下到凡间，把这个消息告诉了百姓。后来，有一个聪明人想出了一个办法，他让百姓在正月十四、十五和十六这三天张灯结彩，燃放烟花爆竹。

到了正月十五这天晚上，天帝往下一看，发现人间一片红光，响声震天，便认为是天兵放火燃烧的火焰。此时，天帝心头的怒火才渐渐消退。

在中国灯彩文化中，北京的官灯是非常有影响的一种。

因此，每年的农历正月十五前后，人们都挂起象征团圆的灯笼，以此来营造一种喜庆的氛围。

后来，灯笼成为喜庆的象征。经过历代灯彩艺人的继承与发展，灯笼品种愈益丰富，制作技艺也越发高超。

中国的花灯艺术，综合了绘画、剪纸、纸扎等诸多工艺，利用各地出产的竹、木、藤、麦秸、绫绢、金属等材料制作而成。花灯种类繁多，主要有宫灯、纱灯、棱角灯、树地灯、礼花灯、走马灯、孔明灯等。花灯的造型有人物、花鸟、山水、龙凤、鱼虫，真可谓包罗万象。

在我国民间历代制作的花灯中，以宫灯和纱灯最为著名。宫灯因多为皇宫和官府制作和使用，故得此名，是驰名世界的特种手工艺品。

宫灯的制作十分复杂，主要用雕木、雕竹、镂铜作为骨架，然后镶上纱绢、玻璃或牛角片，上面彩绘山水、花鸟、鱼虫、人物等各种吉祥喜庆的题材。华贵的宫灯上面，还嵌有翠玉或白玉。

宫灯的造型极为丰富，有四方形、六方形、八角形、圆球形、花篮形、葫芦形、盘长形、套环形、双鱼形等。其中，尤以六方宫灯最为著名。

纱灯是用麻纱或葛麻织物做灯面制作而成的，多为圆形或椭圆形。红纱灯，亦称"红庆灯"，通体大红色。在灯的上部或下部，分别贴有金色的云纹装饰，底部配以金色的穗边和流苏，美观大方，喜庆吉祥。

影纱灯则以各色麻纱蒙制，上面多绘有花鸟虫鱼、山水楼阁等，并配上金色云纹及各色流苏，五彩缤纷，争奇斗艳，为佳节增光添彩。

走马灯是花灯中一类独特的观赏灯种，享誉海内外。在众多的走马灯流派中，尤以广东走马灯最为著名。走马灯通常是在灯中设置一个转轮。在转轮上贴上用彩纸剪成的各式人物、花鸟等形象。在转轮下方点燃蜡烛，热空气上升，引起空气对流，轮子就会转动起来。纸像也随之转动，画面连续不断，动感很强，引人入胜。

元宵节还有一种神奇的

过去，每当春节来临之时，一些心灵手巧的妇女就会忙着扎制多姿多彩的灯笼。

灯笼，称为"天灯"。这种灯笼是用白色宣纸糊制而成的，造型很像孔明帽，故而又称"孔明灯"。孔明灯是利用热空气上升的原理将其送上夜空。

孔明灯的"帽檐"，是用竹片围成圆形，用两根铁丝在圆形竹片之间架成十字形，燃料就固定在十字架中间的交叉点上。孔明灯有大有小，在冉冉升起之后，犹如一个个闪烁的火球，载着放灯者的祈愿，随风飘向远方，与夜空的繁星融为一体。

随着时代的发展，现代生活中人们基本不需要灯笼照明了。但是，每逢佳节、婚庆典礼这样的喜庆日子，灯笼仍扮演着重要的装饰角色。

不过，现代制作灯笼的材料已由过去的纸、竹子变成了布、塑胶、铁线，而且灯笼的形状和色彩跟传统灯笼相比也发生了较大的变化。但是，灯笼所代表的吉祥、喜庆的寓意却是恒久不变的。

苏州的龙舟灯，做工异常细腻，令人百看不厌。

金兽镇宅：铺首

铺首，又称"金铺""金兽"，是门扉上的环形饰物。汉代时，铺首已经广泛出现在寺庙的装饰当中，借以驱妖辟邪。

避祸求福，是人们对生活的基本向往和追求。人们祈求神灵能够像门兽那样敢于斗争，保护自己家庭的人身与财产安全。于是，铺首就被应用到日常生活，逐渐在民间门扇上广泛使用。

汉代司马相如在《长门赋》中写道："挤玉户以撼金铺兮，声噌吰而似钟音。"这两句描述，既有铺首的视觉效果，又有金属碰撞的听觉效果。唐代诗人卢逢在《宫词》中写道："锁衔金兽连环冷，水滴铜龙昼漏长。"这两句诗则描写了处于静态中的铺首。由此可见，在很早以前，铺首就已经成为深受世人喜爱的吉祥饰物。

在旧时，铺首的使用有着严格的等级规定。王子王孙、达官显贵、富贾豪绅的府邸大门上的铺首，用料与做工都要比普通人家讲究许多，因此显得更加气派。

制作铺首的材料有铁、青铜、黄铜等。富贵官宦人家大门上的铺首，多为铜制鎏金，光耀夺目，造型多为圆形。穹窿凸起部錾出狮子、老虎、龟、蛇等猛兽或毒虫的头像，它们怒目圆睁，龇牙咧嘴，为主

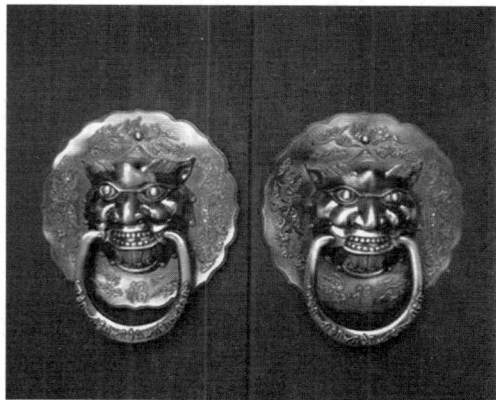

古代的铺首被赋予了驱妖辟邪的作用，而且有严格的等级规定。这是富贵官宦人家大门上的铺首。

普通百姓家门上的铺首多以铁制，且将兽面简化成铁环。

人把守大门。

巧妙的是，工匠们利用铺首上狮子、老虎、龟、蛇等猛兽、毒虫的獠牙、舌头叼住门环，起到衔接、联络门环的作用，形态逼真，栩栩如生。

普通人家的铺首多为熟铁打制，常见的有圆形和六角形。铺首的边缘打制成花卉、草木、卷云形等花边图案，配以圆圈状的门环或菱形、令箭形、树叶形的门坠，既美观大方，又结实耐用。

随着时代的发展，大门的结构发生了变化，铺首的形象也开始简化。有的人家，干脆将大门上的铺首去掉了。有的人家，则把大门上的兽面去除，简化成门环。当然，也有些人家的大门一直在沿用兽面衔环的铺首。

无论怎样，铺首作为一种吉祥饰物，给人们留下了诸多难以忘怀的记忆。

美丽吉祥：荷包

荷包的式样与种类繁多，现在最常见的是香包。香包是荷包的一种，也称为"香荷包"。大多数荷包，都是用彩绸缝制而成的，形状各异，上面绣有各种各样美丽的图案与纹饰。香包里面则盛着具有浓烈芳香气味的中草药研制的细末。

荷包的历史非常久远，早在公元前6世纪成书的《诗经》里面，就已经有了关于荷包的描述。《礼记》一书中记载，未成年男女在鸡鸣时起床，洗脸梳头，佩戴荷包，然后去叩问父母的饮食起居。由此可见，最早的荷包还具有礼仪的作用。

山东潍坊地区妇女绣制的金鱼形香荷包。

汉代以后的荷包，除了装香料，还有正式的用途。汉代官员将类似荷包的鞶囊佩在腰间，用来盛印绶。

到了唐、宋时期，香包逐渐成为年轻女性的专用品。男士们则喜欢佩戴荷包，并干脆将荷包缀于袍服之外。当然，香包与荷包的用途并不完全一样，香包里主要装的是香草，而荷包主要是用来盛放手帕、细物之类。

据史料记载，唐懿宗的爱女同昌公主所乘的七宝步辇，其四角均缀有五色锦香包，里面装的辟邪香、瑞麟香、金凤香等，都是其他国家的贡品，一路走来，芳香四溢。

民国时期，北京地区妇女绣制的葫芦形荷包。

安史之乱后，唐玄宗带着杨贵妃一行仓皇出逃。在马嵬坡，唐玄宗被迫让杨贵妃独自承担国家战乱的责任。杨贵妃被绞杀之后，尸体也就地掩埋。

叛乱平复之后，唐玄宗派人悄悄地将她的遗体移葬，办事宦官发现贵妃的遗体只剩下一架白骨，唯有临死时佩戴在胸前的香囊还完好如初。他把香囊取下复命，垂垂老矣的唐玄宗见到香囊之后，睹物思人，不禁老泪纵横。数十年之后，诗人张祜感叹此物此事，写下了《太真香囊子》一诗："蹙金妃子小花囊，销耗胸前结旧香。谁为君王重解得，一生遗恨系心肠。"

现在想来，杨贵妃所佩戴的那个小小的香包之所以能够保存下来，大概是因为其中存放的香料能够防腐杀虫吧。

荷包真正大行其道，是在清朝。据说在八旗入关以前，荷包就是战士行军用的干粮袋，人手一个。宫廷也十分重视这个传统。因此，上至王公大臣，下至贩夫走卒，无不佩戴荷包。

荷包是原始图腾和古老民俗的实物见证。其艺术特点是古风古韵，文化内涵十分丰富。

荷包的制作相当精细复杂，从配布料、粘坯子、备彩线到描图样、绣图案、缝成形，有许多针工技巧。我国民间做荷包的工艺，往往都是母亲传女儿，奶奶传孙女，亲邻传帮带，一代一代流传。

山东潍坊地区妇女绣制的对蝶形香荷包。

荷包所表现的题材大多数以花卉和动物为主，以隐喻、象征等手法表达各种情感寄托和美好向往。例如葫芦、石榴多籽，鱼、蛙生殖力强，此类荷包寓意子孙众多、瓜瓞绵绵；鸳鸯相依相随，燕子双栖双飞，此类荷包寓意婚姻美满、白头到老；龟鹤长寿，松柏不凋，此类荷包寓意健康长寿、长生不老。

以枣、花生、桂圆、莲子构图，寓意早生贵子；以莲花和鲤鱼构图，寓意连年有余。此外，孔雀、凤凰象征吉瑞祥和，牡丹象征雍容华贵，桂圆象征团团圆圆，喜鹊象征喜事临门，等等。

荷包，从诞生的那一刻起，就成为男女表达爱慕之情的信物。它们传达的感情密码是多种多样的，含蓄且优美。因此，与荷包有关的爱情故事，更是绵延不绝。

据唐代初年编纂的《晋书》记载，贾充的女儿贾午，与父亲的幕僚韩寿偷偷相恋。两人幽会的时候，贾午以香包相赠，不料上朝时韩寿身上的香味被贾充察觉。他知道事情的原委之后，并没有责怪女儿，而是将女儿嫁给了韩寿，成就了一段千古佳话。

过去，苏州民间有这样一个习俗：女孩在七八岁的时候便要学习刺绣，制作各种荷包；在出嫁的时候，将荷包赠送给到婆家贺喜的亲友。这既是精美独特的礼品，又能够展现新娘的心灵手巧。

侗族有一种很有趣的香包，即在心形或葫芦形的香包上面，缝缀一个胖乎乎的小娃娃。女孩们将亲手缝制的香包献给情郎，寓意着"我要为你生娃娃"，这是多么朴实而直接的爱情誓言啊！

一个小小的荷包寄托了绵绵无尽的情意。在女孩怀春、恋爱、定情的过程中，荷包担负着特殊的使命。荷包虽小，却能把所有的情和爱、思与恋包容在里面。

江苏南京地区妇女绣制的连生贵子荷包。

陕西千阳地区妇女绣制的五毒荷包，端午节时给儿童佩戴，以驱五毒。

端午节时，香包也是必不可少的。每逢端午节，家家户户吃粽子，门上悬挂艾草和菖蒲，小孩子要佩戴香包，并拴系五色丝线。

端午节的香包里面除了装有香草之类，上面通常还要绣上"五毒"，即蝎子、蛇、蜈蚣、壁虎和蟾蜍。据说佩戴五毒香包，可以防止各种毒虫侵害人体。于是，人们相互馈送绣有"五毒"的香包，不仅孩子们佩戴，大人们也将香包挂在衣襟或者帐钩上，以避除"五毒"，保佑平安。当然，以科学的眼光来看，所谓"五毒"显然有些偏颇。

现在，除了儿童在端午节还偶尔佩戴荷包之外，日常生活中人们早已不再佩戴荷包了。但是，从美化生活的角度来讲，荷包的适用范围更加广泛，工艺水平也愈加高超。

百器之君：桃木剑

桃木，为五木之精，在中国民间被视为"仙木""降龙木"，具有镇宅辟邪的作用。过去，我国民间流传着许多与桃木有关的习俗。人们在建造新房时，要将桃枝钉在房屋的四角，以保家宅安宁、大吉大利。在迎亲嫁娶的时候，也离不开桃枝，寓意婚姻美满、富贵平安。逢年过节，也要将桃枝挂在门边，用来镇宅接福，以示节日祥和。

桃木辟邪，据说是源于后羿的传说。古书记载，后羿是被桃木棒击杀的，死后被封为宗布神。他的神职是立在一棵桃树下，牵着一只猛虎，每个鬼都要接受他的审查。如果是恶鬼的话，就会被他所牵的猛虎吃掉。

剑，身窄而两面有刃，轻便灵活，素有"百器之君"的美誉。作为一种冷兵器，剑飘逸、灵活的特点被道教所接受。

用桃木制作的剑，称为桃木剑。大多数桃木剑上，都雕刻着符咒，用来驱灾辟邪。在中国的很多传说故事中，道教方士所使用的都是桃木剑。

传说，商朝后期，殷纣王被狐狸精迷惑，导致朝纲衰败。后来，云中

民间传说，射日的后羿，是我国桃木吉祥文化的始源。

今天，仍有很多人喜欢在室内的墙壁上悬挂桃木剑。除了装饰的作用，想必是为了寻求一份心灵的安宁吧！

子特制了一把桃木剑，悬挂于宫中，使狐狸精不敢近前。

三国时期的曹操，由于疑心太重，落下头痛病，久治不愈。军师提议在中原精选优质桃木，制成一把桃木剑，悬挂在寝室之内。曹操的头痛之症竟不治而愈。后来，他率军南征北战，建立起霸业。

现在，桃木剑主要是作为一种桃木工艺品为人们所收藏和欣赏。作为传统的吉祥饰物，它既可以起到装饰和美化家庭的作用，又具有驱邪镇宅的吉祥寓意。

由桃木剑衍生出的桃木工艺品也非常多，如桃木挂件、桃木扇插屏、桃木扇坠、桃木手串等，都成为深受人们喜爱的民间吉祥工艺品。

富贵平安：花瓶

花瓶，是人们生活中常见的一种装饰器皿，也是传统的吉祥饰物之一。过去，制作花瓶的材质以陶瓷为主，其式样主要有梅瓶、玉壶春瓶、冬瓜瓶、观音瓶、莲子瓶、球瓶、葫芦瓶、棒槌瓶等。

在中国传统文化中，花瓶有平安之意。因为"瓶"与"平"同音，因此将花

朱仙镇木版年画《门童献瑞》中，两个童子怀抱插着牡丹的花瓶，寓意富贵平安。

瓶摆放在家中，寓意着家人平安。

梅瓶，是清朝乾隆时期花瓶的典型代表。因为瓶口小，正适合插一枝梅花，所以称"梅瓶"。冬瓜瓶，其造型很像冬瓜，故而得名。而冬瓜瓶的寓意是福如东海，寿比南山。

莲子瓶，大口，粗颈，扁腹，小足，外表华丽，显得雍容华贵，寓意连生贵子。

葫芦瓶是南宋后期龙泉窑创制的瓶式，瓶体似葫芦，故而得名。葫芦瓶，小口，短颈，瓶体由两截黏合而成。因

葫芦瓶，代表着大吉大利。

瓷塑的象背上驮一花瓶，是"平安吉祥""太平有象"的意思。

为"葫芦"与"福禄"谐音，且器形像"吉"字，故又名"大吉瓶"，寓意大吉大利。

在我国民间传统吉祥文化中，人们还将花瓶与其他吉祥物件相搭配，从而形成了更为广泛的吉祥寓意。

花瓶内插上一枝牡丹，有"富贵平安"之意。因为牡丹为花中之王，寓意尊贵、富有，而花瓶则代表着平安。花瓶里插上几棵稻穗，则有"岁岁平安"之意，谓之"日日是好日，岁岁有今朝"。花瓶里插一支如意，意为"平安如意"。若花瓶里插三杆戟，则寓意"平升三级"。

一直到今天，吉祥精美的花瓶，对美化家居、提高人们的文化艺术品位仍然起着重要的作用。

喜气满屋：年画

年画，顾名思义，就是过年时张贴的画。年画是中国民间影响最大、流传最广的吉祥饰物之一。过去，不管是城市还是乡村，过年贴年画是普遍流行的风俗。

以前，每当春节临近时，家家户户都要把房屋和院子打扫干净，

过去年节时，家家户户都要在室内的墙壁上贴上一些寓意美好的年画。

在堂屋、卧室、门窗、灶前以及院内的神龛上，贴上焕然一新的年画。既用来营造喜气洋洋的新年气氛，又用来祈求上天赐给幸福，消除灾祸与不幸。

年画，起源于古代的门神画。根据古书记载，在很久以前，有一对名叫神荼、郁垒的兄弟，专门监督百鬼，只要发现有害人的恶鬼，他们就会将其捆绑起来喂老虎。于是，人们就在门户上画神荼、郁垒的像用以辟邪。

宋代以前，刻版印画的技术尚未成熟，所以隋、唐及之前的门神都是画的。到了宋代，随着城市经济的繁荣，手工业、商业都相当发达，雕版印刷技术被广泛运用，年画的数量和品种剧增。木版印刷年画，速度快，成本低，价格自然就便宜了许多。

宋代京都附近的平民百姓人家，在年节时大都张贴这类木版年画。其后，年画作坊由于封、杭州两地不断向外扩展，使年节贴门

"欢乐新年"自然缺少不了美丽的年画。这是杨家埠年画艺人的作品。

神和喜庆吉祥画的民间习俗进一步发展普及。

元代时，民间版印年画仍持续发展，但发展规模不大。明代中叶以后，年画产地大量涌现。苏州桃花坞、天津杨柳青、潍坊杨家埠、河北武强、四川绵竹等地，都成了全国著名的年画产地。

到了清代，年画发展达到了高峰。从最初被作为辟邪驱鬼的符箓，渐渐地又增加了吉祥如意、多子多寿、娃娃仕女类题材，从而也具有了表达新年美好意愿，以及美化环境的功能。

同时，年画作品也出现了表达农民自身现实生活，以及民间传说、故事的内容，使年画具有了丰富文化生活、传播知识的作用。

印刷年画的方式也丰富多彩，有木版、石印、胶版、国画、水彩、炭彩，甚至还有翻印西洋画的。

民间年画，是属于百姓自己的艺术。画面

在旧时的年集上，不管老人还是孩子，都喜欢到年画摊前逛一逛。那真是一道迷人的风景。

质朴自然、简练单纯，比较直白地表达出百姓朴实的主观愿望。很多画面都有情节性、装饰性、趣味性，色彩鲜艳，如《春二图》《岁朝图》《合家欢》《戏婴图》等。

这样的表现手法，既符合广大农民、市民的欣赏习惯和审美情趣，又便于木版印刷制作。在众多应景年画题材当中，《春牛图》的影响最大。

具有吉祥寓意的年画从不同侧面反映了人民的美好愿望。年画寓意吉祥的方法有两种：一种是谐音寓意，如"喜鹊登梅"为"喜上眉梢"；另一种则是借事物特征寓意，如桃、荷、菊、梅寓意四季平安，

时至今日，北方农村地区在过春节的时候，仍要在中堂挂上"轴子"（祖影）进行供奉和祭拜。

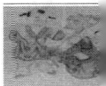

佛手、桃、石榴寓意多寿多福。譬如年画《连年有余》，画面上的娃娃童颜佛身，戏姿武架，怀抱鲤鱼，手拿莲花，取其谐音，寓意生活富足。这一年画作品已成为年画中的经典，广为流传。

年画艺术与民俗密切相关。旧时，年画以其通俗性反映了几乎所有民俗文化的内容，因此，年画的发行量和覆盖面是极为惊人的。可以这样说，迄今为止，没有哪一个画种印刷的数量能够达到年画的数量。年画，曾经是世界上"观赏者"最多的画种。

然而，随着时代的发展，年画这种吉祥的装饰品已经淡出人们的生活。它们默默地走进博物馆，或者被个人作为民间艺术品所收藏，但它们的吉祥内涵却已深深地融入人们生活的每一个细节之中。

辞旧迎新：春联

春联，也称"门对""春帖""对联""对子"等。它以工整、对偶、简洁、精巧的文字描绘时代背景，抒发美好愿望，是中国特有的吉祥饰物。

春节，是中华民族的"百节之首"。贴春联，是民间庆祝春节的一个重要习俗。每逢春节，无论城市还是农村，家家户户都要在大门上贴上崭新的春联，红底黑字，稳重而鲜艳，表达了人们对新年的美好愿望。

春联，最初称为"桃符"。早在两千多年以前的战国时期，我国民间过春节的时候，就有悬挂"桃符"的习俗了。

那么，什么是桃符呢？

据西汉淮南王刘安及其门客合撰的《淮南子》一书记载，桃符是用一寸宽、七八寸长的桃木板制作而成的，然后在桃木板上写上或画上神荼、郁垒二神的名字或画像，悬挂在门两旁。由此可见，春联和年画一样，都是通过门神画发展而来的。

五代十国时期，后蜀国主孟昶在公元 964 年的除夕，令学士辛寅逊在桃符板上书写两句吉语献岁。他不中意辛学士的作品，便自己动笔写下："新年纳余庆，

火红的春联，是年节里一道灿烂的风景。

嘉节号长春。"这就是我国历史上最早的一副真正意义上的春联。此后，文人学士把题写春联视为雅事，题写春联的风气便逐渐流传开来。

到了宋代，"春联"仍称"桃符"。宋代诗人王安石在

在旧时的年集上，有很多卖春联的大都边写边卖，生意十分红火。

《元旦》一诗中的"千门万户曈曈日，总把新桃换旧符"，就足以证明这一点。在宋人的笔记中，还记载了当时文人雅士喜欢题写春联的风气。

"桃符"被称为"春联"，是到了明代。在明代文人陈云瞻撰写的《簪云楼杂话》里，记载了这样一件事情：有一年除夕的前一天，明太祖朱元璋忽然心血来潮，命令公卿士庶门上一定要贴上春联，以示一番新气象。第二天，朱元璋微服出巡，到民间观赏各家的春联，以此为娱乐。他还亲笔给学士陶安等人题赠春联。皇帝的提倡，使贴春联的风气日盛，终于形成了至今不衰的习俗。

到了清代，春联的思想性和艺术性都有了很大的提高。春联的种类也日渐细化，依其使用场所可分为门心、框对、横批、春条、斗斤等。门心贴于门板上端中心部位；框对贴于左右两个门框上；横批贴于门楣的横木上；春条根据不同的内容，贴于相应的地方；斗斤也叫"门叶"，为正方菱形，多贴于家具和影壁墙上。同时，家家户户都要在屋门上、墙壁上、门楣上贴上大大小小的"福"字。

一般人家最常用的春联有"爆竹一声辞旧岁，桃符万户迎新年""天增岁月人增寿，春满乾坤福满门"等。从一些春联中还能体现出不同行业、不同家庭的不同"幸福观"。

春节贴春联，将上下联贴颠倒的大有人在。那么，应该怎样排列上下联的顺序呢？

首先要区分门的上首。在面对大门时，右手方向为上首，左手

春联的生意，在我国民间好像一直没有衰退过，只不过今天所售的春联大都是印制的了。

方向为下首。贴春联的时候，上联贴上首，下联贴下首。

其次是区分春联的上下联。一般有以下三种区分方法：一是按音调平仄分。春联比较讲究音调的平仄，上联最后一个字为仄声，下联最后一个字应是平声。二是按因果关系区分。"因"为上联，"果"为下联。三是按照时间先后分。时间在前为上联，时间在后为下联。比如"风送莺歌辞旧岁，雪伴梅香迎新春"，"辞旧岁"在前，"迎新春"在后。

今天，春联仍然是春节期间一道最为美丽的风景。火红的春联，就像一面面鲜艳的旗帜，昭示着中华民族的勤劳与智慧。自始至终都散发着浓郁吉祥气息的春联，将伴随着我们度过一个又一个欢乐祥和的春节！

吉祥花开：窗花

窗花，是贴在窗户上的剪纸。过去，我国各地在春节期间都有在窗户上张贴窗花的习俗。

张贴窗花，一般在扫尘之后进行。俗话说："二十五，糊窗纸。"旧时的百姓每年过年都要换窗纸，为了美观和喜庆，人们都要剪些窗花贴上去。

这是北京剪纸艺人创作的莲花形窗花，创作者巧妙地将十二生肖融入每个花瓣里面。

剪窗花，是旧时女子比赛心灵手巧的手工之一。那时候，每当临近春节，家家户户常见这样的情景：桌子上摊着红艳艳的纸，姑娘媳妇手中的剪刀发出轻轻的"咔嚓"声，纸屑纷纷飘落。这一幕温馨的场面，年复一年地在民间上演着。

窗花已经有上千年的历史。西汉史学家司马迁撰写的《史记》中记载了这样一件事情：西周初期，周成王用梧桐叶剪成"圭"形赐给他的弟弟叔虞，封其为唐侯。

这应该是我国民间剪纸艺术的滥觞。真正意义上的剪纸，应该是从发明纸张以后出现的。造纸术的发明，促进了剪纸艺术的出现、发展与普及。

唐代时，剪纸已处于大发展时期。唐代大诗人杜甫的诗中就有"暖水濯我足，剪纸招我魂"，以剪纸招魂的风俗当时已经在民间

旧时，在年节来临之前，很多人家都要买窗花贴到窗户上，以便给新年增添更多喜庆的气氛。

流传。

宋代的造纸业十分成熟，纸品名目繁多，为剪纸的普及提供了极为有利的条件。民间剪纸的使用范围也日渐扩大。

为了烘托节日的气氛，人们在春节前将剪纸张贴在窗户上，寓意辞旧迎新、接福纳祥，这就是真正的"窗花"了。

窗花这一剪纸品种形成后不久，便成为剪纸中最为普及的品种。由于各地风俗习惯及审美观点的差异，窗花在我国民间也形成了南北不同的两种风格。南方的窗花以精致为美，其特点是玲珑剔透；北方的窗花则以朴实生动为美，其特点是天真浑厚。

窗花的剪刻形式是单色剪刻，多用于大红剪纸，应用地区较广。窗花多为阳剪，用细线造型，以求得较多的镂空面积。窗花的轮廓和窗棂之间，要求疏密有致、格局均衡。除了美化的作用之外，也尽量避免遮挡光线。

窗花一般不事先画底稿和底样。因为窗花本身就是剪纸中的小品，是即兴创作的东西，所以剪起来随意性很强。但是，剪纸的内容是很有讲究的，寓意吉祥的图案有"五谷丰登""连年有余""贵花祥鸟""喜鹊登梅""二龙戏珠""榴开百子"等，各种各样的花鸟虫

这幅染色的"连年有余"窗花，是蔚县剪纸艺人的作品。

鱼及人物图案，都表达出人们祈福求祥的愿望。

　　随着时代的发展，以及人们居住环境的改变，春节张贴窗花的习俗不再像过去那样盛行了。但是，剪纸这一门古老的民间手艺，仍然深受人们的喜爱。窗花的吉祥寓意，也一直铭刻在人们的心灵深处。

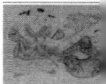

长命百岁：长命锁

长命锁，又称"寄名锁"。过去，由于生活贫困，医疗条件非常落后，一个婴儿从出生到长大，往往会受到疾病、饥饿等诸多恶劣因素的威胁。因此，大人们只能从迷信中寻找一种寄托。

长命锁的意义就在于锁住小孩的命，避免病魔疫鬼危害小孩。人们认为孩子戴上长命锁，就能无灾无祸，平安长大。当然，长命锁更多表达的是长辈对晚辈的美好祝福。

"麒麟送子"式长命锁，是我国民间最为常见的一种。

长命锁的前身是"长命缕"。汉代时，每逢农历五月初五端午节，家家户户都要在门楣上悬挂上五色丝，以避不祥。到了魏晋南北朝时期，这股丝绳则缠到了妇女和儿童的手臂上，渐渐地成为一种臂饰，不仅用于端午节，还用于夏至。

到了明代，随着风俗的变迁，佩戴长命缕的成年人越来越少，一般多用于小儿满周岁时佩戴。长命缕也进一步演变，成了长命锁。

小孩脖颈上挂长命锁避邪保平安，在全国各地盛行。长命锁的材质有金、银、铜、玉等，以银质的为多，呈古锁状。

长命锁的正反面都有文字和图案，具有增强长命锁的保护力量的作用，表达了人们对于幼儿平安、幸福、吉祥的美好祝愿。文字多錾刻在正面，诸如"长命百岁""长命富贵""长发其祥"等字样。图案多錾刻在反面，多为龙、麒麟、虎、狮子等吉祥动物。

花篮式长命锁，寓意平安、吉祥和富贵。

既然长命锁被人们赋予如此厚重的意义，自然就会形成很多与其相关的习俗。

过去，在长江、黄河中下游一带，有干爹、干妈送小孩长命锁的习俗。孩子出生不久，父母担心孩子体弱多病，便采取替新生儿认干爹、干妈的办法消灾避祸。

所认的干爹、干妈多为多子多福的健康之人，这样才能够给新生儿带来好运。干爹、干妈要为新生儿打制一把长命锁，戴在婴儿的脖颈上。孩子长到 12 岁时，便被认为是过了危险期，要取掉长命锁，谓之"开关"。据说，行过戴锁与开关仪式的小孩，便能摆脱命运中的难关，无病无灾，健康长寿。

长命锁上錾有"长命百岁"的吉祥语，祈愿孩子能够健康平安地长大。

在江西等地，还有为小孩打制百家锁的习俗。新生儿的家长，用红纸包上七粒白米、七叶红茶，做成一个小红纸包，然后将小红纸包送给亲友。亲友收到小红纸包后，要回送礼钱，数额多少不限。家长便用这些礼钱购买一把长命锁，戴在小孩脖颈上。百家锁的正面通常有"百家宝锁"的字样，反面则有"长命富贵"等字样。百家锁的意义，在于集众人之力，增加长命锁的神力。

在我国大部分地区，都有外婆给

刚出生的小外孙送长命锁的习俗。时至今日，这一习俗仍在流行。只不过所送的长命锁，不再像以前那样需要长年佩戴，往往孩子的庆生仪式结束之后，长命锁就会被摘下来，放进抽屉保存。

迷信的色彩，几乎从长命锁身上消失了，只留下浓浓的祝福和对孩子健康成长的期盼。